LES
CRIMES SECRETS
DE
NAPOLÉON BUONAPARTE.

LES
CRIMES SECRETS

DE

NAPOLÉON BUONAPARTE;

FAITS HISTORIQUES,

Recueillis par une Victime de sa tyrannie.

« La Renommée et ses cent voix perfides,
» Furent les échos de ses crimes rapides....»

BRUXELLES;

Et se trouve A PARIS,

CHEZ LES MARCHANDS DE NOUVEAUTÉS.

1815.

EXPLICATION SOMMAIRE

DE LA GRAVURE ALLÉGORIQUE.

LORSQUE Buonaparte remarqua au Mu-
séum, lors de l'exposition des tableaux de
l'année 1809, cette célèbre allégorie qui
représente LE CRIME POURSUIVI PAR THÉ-
MIS, et que depuis on a placée dans le
lieu des séances de la Cour de justice criminelle, au Palais, il étoit alors fort éloi-
gné de penser qu'un burin vengeur s'em-
pareroit un jour du fond de cette même
peinture, pour charger la gravure de représenter en raccourci le tableau de ses
crimes, et faire retomber sur sa tête impie
tous les emblèmes qui l'y accusent; il étoit
loin, dis-je, d'imaginer qu'un jour, pré-
cipité du haut d'un trône sacré, trop long-
temps souillé de sa criminelle usurpation;
exilé sur un rocher lointain, au milieu de
mers orageuses, il iroit y cacher son igno-
minie, poursuivi sans cesse par deux Eu-
ménides vengeresses, la justice et sa propre conscience....

Telle est cependant la marche immua-
ble des choses humaines, que le crime
porte, au moment même qu'il est commis,
le germe secret de sa punition : et de

même que le principe élémentaire de la vertu porte dans le cœur de l'homme les plus douces consolations au sein de l'adversité : ainsi les forfaits, bientôt suivis des remords, jettent dans son cœur, au milieu de ses plus audacieuses prospérités, les noires vapeurs et le trouble de l'âme...... enfin, *point de repos pour le méchant....* Voilà, par une analyse succincte, ce qu'exprime ici notre gravure allégorique. Nous n'en vanterons pas les frais d'imagination et de conception qu'y a faits notre dessinateur : au contraire, ne voulant point faire prendre le change au public à cet égard, nous lui déclarerons que nous avons voulu, loin d'être originaux dans cette composition, imiter entièrement la manière dont est fait le tableau allégorique que nous venons de citer au commencement de cette EXPLICATION SOMMAIRE. Et en effet rien peut-il nous paroître plus applicable à la situation présente de Buonaparte, que celle d'un assassin tourmenté, dont la fuite, la marche oblique n'est éclairée que par la lueur effrayante des torches que secouent sur sa tête deux déités implacables, Thémis et Némésis. Ses pieds dans cette gravure, affligeante de vérités, souillés de sang, foulent encore les

victimes frappées de ses coups homicides...
Là, c'est l'Espagne affligée : la main sur
son cœur, elle gémit du coup perfide
qu'elle a reçu dans la personne de ses
souverains adorés ; ici, à la droite du spec-
tateur et sur l'horizon du dessin, c'est une
ville immense, Moscou, qui, par un suicide national, préféra périr par les flam-
mes, que de devenir la proie utile des
parricides mains de Napoléon..... Sur ce
rivage, c'est Pichegru, le capitaine Wright,
dont les plaies encore saignantes attestent
la cruauté de ses attentats.... Dans le lointain, près de ce donjon, dont le pied fut
arrosé du plus pur sang des Bourbons,
c'est le duc d'Enghien.... Il présente d'un
front héroïque sa poitrine à ses bourreaux...
et chacune des balles qui percent ce no-
ble sein, va, par contre-coup, frapper le
cœur barbare du tigre qui les dirigea sur
le petit-fils du grand Condé...... Chaque
goutte de ce sang fécond en héros se mé-
tamorphose en serpens, en monstres hideux, actifs à troubler le sommeil et la vie
criminelle de Buonaparte....

C'est en vain que sa lâcheté le précipite
dans les bras des Anglais, sa perfidie, son
astuce, n'y trouvent qu'un honteux es-
clavage, et le vaisseau *le Northumber-*

(8)

land, que l'on voit dans cette gravure, va bientôt le séparer, par des mers immenses, du Continent, heureux et libre par l'exil du plus odieux des hommes...... voilà, sous des figures dictées par notre propre indignation, l'EXPLICATION SOMMAIRE qui se trouve en regard DES CRIMES SECRETS DE NAPOLÉON BUONAPARTE. Que n'a-t-elle le pouvoir, en éclairant ses insensés et aveugles admirateurs, de les ramener tous de leurs funestes erreurs, et de les rallier sur le parvis d'un trône sacré, pour y crier avec nous, sous les auspices de la paix et d'une réconciliation générale : VIVE, VIVE LE ROI!...... Vive à jamais LA DYNASTIE DES BOURBONS, vive cette source pure de souverains, dont l'arbre généalogique, crû parmi les lys, étend ses rameaux dans l'antique France, et l'a toujours rendue heureuse sous ses ombres tutélaires!....

AVANT-PROPOS.

—

Sı l'histoire transmet à la postérité la mémoire des bons rois, n'est-il pas de toute justice d'y transmettre de même le nom des tyrans qui ont opprimé leur patrie ?... Les uns rappelleront à nos petits-neveux la bonté, la bienfaisance et toutes les vertus qui embellirent leur règne ; les autres seront un avertissement de ce qu'ils auront à redouter, si jamais le ciel, dans sa colère, leur envoie un monstre pour les gouverner.

Les différentes races qui ont depuis tant de siècles régné sur la France, comptent à peine un ou deux oppresseurs, encore ne fût-ce que dans ces temps de barbarie, où les sciences étoient ensevelies dans les ténèbres. Mais la postérité voudra-t-elle croire que, dans un siècle éclairé, un seul homme soit parvenu à opprimer pendant quinze ans une des nations les plus policées de l'Europe, et à se maintenir, à force de crimes, sur un trône qu'il avoit usurpé, et qu'il souilla par tant de forfaits ?... Il est donc dans la nature humaine des choses qui paroîtroient incroyables, si l'impartialité de l'histoire ne les recueilloit avec soin, comme des monumens authentiques, destinés à l'instruction des races futures !...

Il est donc, dis-je, dans le règne des êtres animés, comme dans les deux autres règnes de la nature, des phénomènes, des *monstruosités* qui étonnent, qui effraient de leurs productions gigantesques ou malfaisantes, à la fois le naturaliste, le philosophe et le souverain !... Non-seulement l'immense théâtre de l'astronomie nous offre l'histoire de météores, de révolutions, de comètes incendiaires, qui dans l'antiquité ont menacé de mettre le globe en entière combustion, et se sont toujours présentés, surtout aux Romains superstitieux, comme les plus sinistres présages, mais encore sur le petit théâtre de ce même globe, des monstres, sous la figure du genre humain, n'en ont parlé le langage n'en ont eu les mêmes attributs, que pour en être le détestable fléau, et le menacer d'une ruine totale. Qu'elles seroient donc précieuses et savantes les remarques, l'analyse de l'immortel Buffon, sur la *créature bizarre, extraordinaire*, qui s'est acquis parmi nous, comme Erostrate en brûlant le temple d'Ephèse, une si infâme immortalité... Si ce profond naturaliste, Buffon, avoit été contemporain de Buonaparte, quel jugement eût-il prononcé sur les élémens de son caractère ? dans quel ordre hiérarchique de l'échelle des êtres l'eût-il placé ?... Pour moi, je ne vois sa véritable place assignée d'avance que parmi les tigres de l'intérieur de l'Afrique. Bientôt le tigre royal, honteux d'avoir un rival aussi supérieur que Napoléon, eut aussitôt regardé ses dents, ses griffes et sa férocité sans nécessité sanguinaire, comme des inclinations *douces* et *anodines,* en comparaison des penchans funestes, des victimes innombrables de notre faux héros et des fleuves de sang creusés par ses mains homicides!.... Qu'eussent dit Linnée, Buffon et de Bomare, en contemplant un *monstre* sous des traits humains, se repaître de carnage et de sang pendant une convulsion périodique de quinze ans de deuil, d'agonie et de mort?... Ne respecter ni le sexe, ni l'âge, ni le rang, ni la vertu, ni la beauté... et assouvir sa rage audacieuse sur les objets les plus sacrés aux yeux des mortels.... Est-ce parmi les monstres fabuleux de la mythologie, de l'histoire sacrée, parmi les fables égyptiennes qu'ils auroient pu trouver des points de comparaison ?... Non sans doute, le Minotaure de Crète, le Sphinx d'OEdipe, l'Hydre de Lerne, et tous les monstres ensemble qu'ont détruits Hercule et Thésée, ne commettoient que des ravages insignifians, ne faisoient payer que des tributs bien généreux en parallèle avec les vastes dévastations et les destructions incalculables de notre *Jupiter-Scapin*, suivant l'expression admirable et l'épithète que donne M. l'archevêque de Pradt à Buonaparte !...

Pourquoi un savant de nos jours, célèbre par de profonds systèmes, M. le docteur Gall enfin, ne nous a-t-il pas défini toutes les protubérances, bosses et exubérances du crâne de Buonaparte ?... Le docteur a exercé sa science conjecturale sur le cerveau d'un grand nombre de cri-

minels, *ce crâne* extraordinaire n'é-
toit-il donc pas dans les plus beaux
attributs de ses domaines ? Ici , sur
la surface inégale et bosselée de
cette tête impie, M. Gall eût tâté
et reconnu aussitôt la superfétation
multipliée et renforcée du vol, de
l'inceste, du viol, du meurtre, du
brigandage et de l'assassinat.,.. Il se
seroit écrié avec nous : Comment se
fait-il que la nature, ainsi que la
fortune, fort bizarre, fort capri-
cieuse dans la répartition de ses
dons, ait déversé sur un seul être ,
comme ils y étoient rassemblés dans
la boîte de Pandore, tous les élémens funestes, tous les vices, tous
les crimes, et enfin *le nerf* et *lé*
principe élémentaire de tout ce qui
peut détruire et tuer.... Heureuse-

ment , auroit-il ajouté aussitôt, que cette même nature qui se plaît dans ces jeux quelquefois cruels , est aussi avare de grands hommes que de grands scélérats.... Les Denys, les Néron , les Caligula, les Séjan, ont paru de loin en loin , et si , dans les annales de la tyrannie, ils associent un siècle à leur odieuse mémoire, les Titus, les Marc-Aurèle, les Trajan, les Bourbons enfin , ne viennent-ils pas effacer de leurs mains vertueuses les traces de sang qui signalent dans ces pages de l'histoire les despotes que nous venons de citer?... Certains esprits , secrets admirateurs de leur pagode renversée, affectent de ré-pandre qu'il faudroit ensevelir pour jamais le souvenir de ce personnage, et que la publicité de tous ses crimes, loin de pouvoir ramener tous les partis, toutes les opinions et tous les sentimens dans une seule fusion et surtout à l'oubli généreux du passé, ne fera au contraire que les aigrir de plus en plus....

Ainsi, bénévoles victimes d'un règne infâme qui nous martyrisa quinze années sans relâche, il faut que nous nous privions, pour le *prétendu* respect que nous devons aux *malheurs touchans* du napoléoniste déchu ; il faut, dis-je, que nous nous abstenions du triste plaisir de pousser des gémissemens, d'exhaler notre trop juste douleur des plaies encore vives que nous a faites le sabre napoléonien... —J'aurai été persécuté, opprimé sous la tyrannie la plus cruelle ; mon fils, mon cousin,

mon frère, mon neveu auront péri
dans les caravanes meurtrières d'un
énergumène couronné, et le charme
consolateur de la plainte me sera
interdit.... Je devrai considérer dans
le buonapartiste un personnage *auguste* que le malheur a frappé, et
parce qu'une main puissante, celle
d'un roi adoré, un faisceau plus
puissant, composé de tous les glai-
ves de l'Europe, enchaîne et neu-
tralise sa rage et ses efforts, je lui en
saurois gré!.... J'irois dire à celui qui
naguères menaçoit ma vie dans une
promenade publique : « *Je suis vrai-*
» *ment sensible à votre humiliation;*
» *d'honneur il en coûte à mon cœur*
» *de voir que vous ne pouvez plus*
» *nous menacer dans les rues de*
» *vos regards d'impérialiste.* Je

» souffre au-delà de toute expression
» de voir refoulé au fond de vos
» odieux et fanatiques sentimens,
» ce cri de *vive l'empereur* dont
» vous menaciez, dont vous fou-
» droyiez les passans, ainsi que le
» basilic le fait de ses regards : il
» est douloureux pour moi que cette
» exclamation ravissante de VIVE,
» VIVE LE ROI, que vous voyez er-
» rer sur mes lèvres, et que vous
» savez à chaque instant prête à
» partir de toutes les bouches comme
» la plus douce explosion du cœur,
» puisse consterner à ce point vos
» esprits : il est cruel pour moi de
» penser que sous des dignités *ache-*
» *tées souvent au prix de votre bas-*
» *sesse ou de votre complicité dans*
» *les crimes du tyran, il ne vous*

2.

» *soit plus possible de promener*
» *dans un équipage aussi fastueux*
» *qu'impudent, votre orgueil inu-*
» *tile et votre oisiveté insolente....*»

Quelle horreur ! non sans doute,
aucune puissance humaine n'aura le
pouvoir de nous imposer cette loi
absurde et barbare : si le napoléoniste s'est signalé par l'oppression
et la cruauté, et n'a voulu jamais
employer d'autres moyens de con-
ciliation et de persuasion que les
instrumens de la force et de la su-
périorité du nombre, qu'il soit au
moins permis aux fidèles amis du
Roi de manifester le premier acte
de leur liberté et de leur triomphe
par des diatribes ;... c'est une bien
douce vengeance ; elle ne verse pas
de sang : elle s'arme du fouet seul

de la satire, et n'est pas précédée; comme celle des *Narcisses* homicides de votre *Séjan moderne*, de l'appareil lugubre des échafauds, des crêpes, des fusillades à *huisclos* et des cyprès.... Ce n'est pas par l'effusion du sang d'un illustre conspirateur, l'immortel Mallet, que nous pourrions complaire au plus éclairé, comme au plus vertueux des monarques Louis le Désiré; non, nous laisserons ce genre d'adulation à certains flagorneurs *du monstre abattu*. Satisfaits à peu de frais, nous nous contenterons de répandre notre bile trop justement irritée, dans quelques épigrammes, quelques chansons, et ici même dans ces feuilles consacrées à recueillir les odieux monumens de la scélératesse d'un brigand que l'on pourroit appeler à juste titre le *LÉOPARD-POLICHI-NEL*, monstre qui, dans sa fureur absurde et jalouse, ne ménagea pas plus le beau sexe que le ministre dont le génie, les vrais talens éclipsoient les éruptions désordonnées de son cerveau brûlé, éruptions noirâtres que Buonaparte avoit la sotte vanité de prendre pour des éclairs et le feu d'une imagination féconde et inspirée....

Que de femmes charmantes, devenues par terreur comme par nécessité le plastron de ses caresses *épileptiques*, ont dû trembler, dans ses bras meurtriers, de se voir destinées au sort *d'une autre Justine!*... *Ce bigame incestueux*, cet *Alexandre-pédéraste* n'a considéré jamais la moitié la plus aimable du genre humain que sous le point de vue du plus odieux matérialisme, et trop souvent

« La beauté douce, victime de ses outrages,
» Ne put toucher son cœur d'acier,
» Et l'amour, chéri même des sages,
» *Fut frappé* par ce cannibal altier. »

Bornons là l'exposé de ces RÉFLE-XIONS PRÉLIMINAIRES, et contentons-nous de présenter dans cet ouvrage le tableau exact et non exagéré des *Crimes de Buonaparte.* Notre but est de prouver combien il abusa de la confiance généreuse d'un peuple qui lui avoit remis ses destinées. Les faits se sont passés sous nos yeux, et l'on a peine encore à y ajouter foi. Puissent enfin les partisans abusés de cet homme cruel, abjurer leur en-

thousiasme pour cet indigne usurpateur, dont la réputation colossale
n'étoit fondée que sur une tyrannie
qui surpasse de beaucoup tout ce
que peuvent offrir les annales des
empires, et se rallier avec franchise
à un gouvernement légitime, qui
peut seul procurer la paix et le
bonheur !

Nous abstenant à l'avenir de toute
réflexion, de tout préambule, nous
ne présenterons que des faits, rien
que des faits : ils sont seulement clas-
sés par ordre, depuis la jeunesse de
Buonaparte jusqu'à sa dernière abdication. Lecteur éclairé ! médite-les,
et ton jugement ne sera point équi-
voque.

LES
CRIMES SECRETS

DE

NAPOLÉON BUONAPARTE.

~~~~~~~~~~~~~~~~~~~~~~~~~~~~~~~~

École militaire de Brienne.

Lorsque notre héros étoit à l'École militaire de Brienne, où il avoit été placé par la protection de M. de Marbœuf, il devint amoureux d'une fille qui l'aima trop, et qui auroit eu à rougir de sa foiblesse, si son amant ne s'étoit dès lors essayé dans la carrière qu'il a parcourue depuis avec tant de délices : la malheureuse mourut empoisonnée. Dénoncé par

3

un des élèves de l'Ecole, la protection de M. de Marbœuf et le défaut de preuves positives firent qu'il ne fut point puni.

Siége de Toulon.

Lettre adressée par lui aux Représentans.

« Citoyens Représentans,

» C'est du champ de la gloire, » marchant dans le sang des traîtres, » que je vous annonce avec joie que » vos ordres sont exécutés, et que » la France est vengée. *Ni l'âge ni* » *le sexe* n'ont été épargnés; ceux » qui avoient été seulement blessés » par le canon républicain ont été » dépêchés par le glaive de la liberté » et par les baïonnettes de l'égalité.

» Salut et admiration aux Repré-

» sentans du peuple, Robespierre
» jeune, Fréron, etc. etc.

» BRUTUS BUONAPARTE,
» citoyen sans-culotte. »

Après la prise de cette ville, la
cruauté de son caractère se mani-
festa en plusieurs occasions : il fut
un terroriste dans toute l'étendue
du mot. Je ne puis me dispenser de
consigner ici le sacrilége dont il s'est
rendu coupable dans cette même
ville de Toulon, où il fit couler tant
de sang avec la joie féroce d'un barbare. Il entra un jour dans une église, monta à l'autel, et là, d'un style
et d'une voix sacriléges, au mépris
de la sainteté du lieu, il harangua
une soldatesque effrénée dans les expressions les plus irréligieuses....

3.

Treize Vendémiaire.

Dans cette horrible journée, il ne craignit pas de faire tirer à mitraille sur des citoyens paisibles de tout âge et de tout sexe, qu'une imprudente curiosité avoit placés sur les marches de l'église Saint-Roch et dans la rue Saint-Honoré,

Armée d'Italie.

Après avoir épousé la veuve du comte de Beauharnais, le Directoire le nomma général en chef de l'armée d'Italie. Son caractère féroce et sanguinaire se développa dans ce commandement. Il fit fusiller sans forme de procès un assez

grand nombre d'employés des admi-
nistrations de son armée. Sa conduite
excita des remarques sévères dans les
journaux, qui blâmèrent hautement
la manière dont il se comporta, parti-
culièrement avec le duc de Modène.
Ce prince, qui n'étoit pas en guerre
avec la France, fut obligé de payer une
contribution, pour racheter ses états
du pillage. Mais quand la contribution fut dans la caisse de Buonaparte,
le pays fut pillé et le duc obligé de
fuir. Buonaparte, qui avoit établi son
quartier général au palais ducal,
ne manqua pas de saisir tout ce qu'il
y trouva.

Expédition d'Egypte.

Le Directoire, qui vouloit à toute

force éloigner un général qui, dans la campagne d'Italie, lui avoit donné des sujets de crainte par son caractère audacieux et entreprenant, imagina l'expédition d'Egypte. Buonaparte partit et fit précéder son arrivée au Caire par la prise de l'île de Malte, sous le vain prétexte que l'entrée de ses ports lui avoit été refusée pour faire de l'eau.

A peine débarqué en Egypte, il apporta dans cette malheureuse contrée tous les fléaux de l'humanité. Rien ne s'opposant alors à la cruauté de son caractère, il y commit toutes les horreurs d'un féroce tyran. Ayant pris d'assaut la ville de Jaffa, une partie de la garnison fut passée au fil de l'épée; mais le plus grand nombre, qui s'étoit réfugié dans la mosquée,

implora la pitié des vainqueurs, et
obtint grâce de la vie. Notre armée,
exaspérée et exaltée, écoute cependant la voix de l'humanité au milieu
du combat le plus furieux. Trois jours
après, Buonaparte, qui avoit forte-
ment blâmé le mouvement de pitié
ressenti par ses troupes, résolut de se
débarrasser du soin d'entretenir et de
nourrir trois mille huit cents prisonniers. Il ordonna aux Turcs de se
rendre tous sur une hauteur hors de
Jaffa, où une division d'infanterie
française se plaça en ligne vis-à-vis
d'eux. Les Turcs s'alignèrent aussi
et un coup de canon annonça l'horrible scène qui alloit se passer. Des
volées de mousqueterie et de mitraille furent tirées au même instant
sur ces infortunés, qui étoient sans

défense. Buonaparte regardoit de loin à travers un télescope, et lorsqu'il vit la fumée s'élever, il laissa échapper un cri de joie ; car il avoit craint avec raison de ne pas trouver les troupes disposées à se déshonorer par cet atroce massacre. Le général Kléber lui avoit fait, à ce sujet, les remontrances les plus vigoureuses ; un officier de l'état major, qui commandoit les troupes en l'absence du général, avoit refusé d'exécuter la volonté du chef, sans un ordre écrit ; mais Buonaparte, sans donner cet écrit, envoya le major général, pour intimer de nouveau l'ordre verbal.

Dès que les Turcs furent abattus par la mitraille, les soldats français, par un mouvement d'humanité, allèrent achever à coups de baïonnette ceux

qui souffroient encore les tourmens
de l'agonie; mais il y en eut un nombre considérable qui languirent pendant plusieurs jours. Le massacre
des prisonniers turcs n'est qu'un
événement ordinaire, comparé à celui-ci.

Buonaparte, voyant ses hôpitaux encombrés de malades, envoya
chercher un médecin, dont le nom
mériteroit d'être gravé en lettres
d'or. Le médecin étant venu, le général entra dans une longue conver-
sation sur les dangers de la contagion, et termina son discours par
cette remarque : « Il faut prendre un
parti; il n'y a que *la destruction* de
tous les malades actuellement dans
les hôpitaux, qui puisse arrêter le
mal. »... Le médecin, effrayé de cette

proposition atroce et cruelle , fit les
remontrances les plus fortes que puissent alléguer l'humanité , l'honneur
et la vertu ; mais voyant que Buonaparte persistoit dans ses idées et pro-
féroit des menaces, il sortit de la tente
en prononçant ces paroles remarqua-
bles : « Ni mes principes, ni la di-
» gnité de ma profession ne me per-
» mettent de devenir un assassin, et
» si pour former un grand homme , il
» faut absolument des qualités sem-
» blables à celles que vous paroissez
» vanter , je remercie Dieu de ne
» pas les posséder. »

Des considérations morales ne peuvent détourner Buonaparte de ses
desseins : il y persévéra , et trouva
enfin un pharmacien , qui , redoutant
sa puissance, consentit à exécuter

ses ordres criminels, mais qui dans la suite a soulagé sa conscience par un franc aveu de toute l'affaire. Le pharmacien, d'après les instructions du général Buonaparte, fit mêler une forte dose d'opium dans quelques mets agréables ; les pauvres victimes en mangèrent avec avidité et avec joie. Peu d'heures après, cinq cent quatre-vingts soldats qui avoient tant souffert pour leur pays, périrent misérablement par l'effet des ordres de celui qui étoit alors l'idole de leur nation.

A peine Buonaparte eut-il abandonné ce malheureux pays, d'où périrent tant de bons généraux et tant de braves soldats, laissant par sa désertion les débris d'une armée jadis florissante, sans s'inquiéter de ce qu'elle pourroit devenir, que Kléber, qui succéda à ce déhonté fuyard dans le commandement de l'armée, fit la convention d'El - Arish, et par ce traité eut la liberté de revenir en France. Kléber se proposoit, en arrivant à Paris, d'accuser Buonaparte de tous les crimes dont il s'étoit rendu coupable en Egypte. Tallien, propriétaire d'un journal français qui se publioit en Egypte, y avoit inséré la liste des atrocités commises par Buonaparte, afin de les faire connoître à l'armée qu'il venoit de déserter; mais instruit par Menou qui lui rendoit compte de ce qui se passoit, Buonaparte n'hésita pas de se venger, et Kléber fut assassiné....

=

Dix-huit Brumaire.

Depuis son retour d'Egypte, Buonaparte songeoit à renverser le Directoire, afin d'être lui-même à la tête du gouvernement. Il se réunit donc à cet effet avec plusieurs membres du Directoire, du Conseil des Anciens et ceux qui lui étoient affidés : la conjuration réussit au-delà de ses désirs ; et Barras, son protecteur, devint une de ses premières victimes. Buonaparte étoit dans la salle des inspecteurs, quand Botot, secrétaire de Barras, demanda à lui parler pour lui faire part de sa mission. Il remit à Buonaparte la démission de Barras, en lui demandant à demi-voix ce que ce dernier avoit à attendre de lui. «Dites à cet homme, répondit

Buonaparte, que je ne veux plus le revoir, et que je saurai faire respecter l'autorité qui m'est confiée. » Ce trait prouve sa reconnoissance.

La conjuration du 18 brumaire avoit été formée, et son exécution devoit avoir lieu le 17, qui correspond au vendredi 3 novembre 1799 ; mais Buonaparte, sans donner aucun motif et contre l'avis de tous les conjurés, ajourna l'affaire au lendemain. Ce délai, qui pouvoit tout faire échouer, ne peut s'expliquer que par le préjugé populaire qui menace d'un mauvais succès toutes choses entreprises un vendredi. L'esprit de Buonaparte allioit au mépris des vrais principes religieux le respect pour les plus misérables superstitions.

L'empire que la peur avoit sur lui, le désordre, l'incohérence de ses idées, éclatèrent bien honteusement dans cette fameuse séance de l'Orangerie de Saint-Cloud, le 18 brumaire, lorsque le Conseil des Cinq-Cents venoit de le mander pour rendre compte de sa conduite. Des vociférations, des menaces et la vue d'un ou deux poignards ôtèrent tout courage, toute présence d'esprit à cet homme qui faisoit une révolution pour s'emparer d'un trône, à cet homme qui supporta tant de fois avec un calme inaltérable le spectacle de plusieurs milliers de Français se faisant égorger intrépidement pour lui... Le sang-froid de son frère Lucien et la résolution d'un général, seuls le tirèrent de ce danger, grossi par la frayeur qu'il avoit ressentie. Dès qu'il fut hors de la salle, il monta à cheval, reprit au grand galop le chemin de Paris, en criant de toutes ses forces : *Je suis le dieu de la guerre !....* et ne s'arrêta qu'au pont de Saint-Cloud, où la présence de Murat lui remit un peu la tête.

Mort de Desaix.

Ce fut à la bataille de Marengo, que Desaix fut victime de la haine que lui avoit vouée Buonaparte. Ce dernier avoit perdu la bataille, lorsque Desaix arriva. Buonaparte, entouré de ses généraux, pleuroit comme un enfant ; Desaix se présente avec le corps de réserve, se précipite sur l'ennemi, et change le sort de la journée : mais Buonaparte, qui avoit su par Menou que Desaix, lors de son séjour en Egypte, étoit d'accord avec Kléber, Régnier et Tallien pour le dénoncer à leur arrivée en France comme assassin et déserteur, s'étoit bien promis de profiter de la première occasion pour se débarrasser de Desaix. La journée de Marengo la lui fournit. Buonaparte choisit un homme qu'il jugea le plus propre à servir ses horribles projets : Desaix fut atteint, au plus fort du feu de l'ennemi, d'une balle partie derrière sa personne, et reçut en outre un coup de poignard entre les deux épaules : il expira sur-le-champ. On a prétendu que Desaix s'écria en mourant : « *Dites au premier Consul,*

» *que je meurs avec le regret de*
» *n'avoir point assez fait pour la*
» *postérité...* » Desaix n'avoit pas
eu le temps ni la force de prononcer
ces belles paroles ; l'assassin avoit
trop bien pris ses mesures. Quand on
vint apprendre sa mort à l'hypocrite
Buonaparte, il s'écria : « Pourquoi ne
puis-je pleurer ! » Cependant l'opi-
nion publique le força à élever une
statue à Desaix ; statue que, sous
de frivoles prétextes, son amour-
propre ne fit jamais découvrir......

Son Consulat.

Après la bataille de Marengo, ne
pouvant plus répandre de sang hors
de France, il établit un système de
terreur dans l'intérieur, et fit fu-

siller Frotté, chef royaliste, au mépris de la capitulation signée par le général Chamberlhac : ce qui excita la plus vive indignation parmi le parti royaliste.

Aréna.

Le général Aréna, cousin et bienfaiteur de Buonaparte, s'exprimoit très-librement sur l'autorité qu'usurpoit le premier Consul, et se plaignoit de son ingratitude, car il avoit rendu des services à Buonaparte, sa mère et à ses sœurs, quand toute cette famille fut chassée de Corse, en 1793. Aréna avoit aussi, à plusieurs reprises, sollicité le rappel de son frère, exilé à l'île d'Oléron après le 18 brumaire, en raison

4.

de sa conduite comme député au conseil des Cinq-Cents, lors de cette fameuse journée. Buonaparte, qui connoissoit le caractère violent d'Aréna, ayant décidé de s'en défaire, imagina une conspiration, dans laquelle il fit compromettre Aréna, qui perdit bientôt la tête sur un échafaud. Cette prétendue conspiration fut imaginée pour se débarrasser de quelques jacobins qu'il craignoit alors. Pour en faire de même des royalistes, il inventa la machine infernale du 3 nivôse : ce qui lui donnoit un motif plausible pour attirer sur lui le plus vif intérêt.

Expédition de Saint-Domingue.

Lors de son expédition de Saint-Domingue, la Légion polonoise eut ordre de s'embarquer ; mais les officiers et les soldats protestèrent contre cet ordre. Il fit fusiller cinquante officiers et mille soldats ; le reste fut embarqué, mais ne manqua pas de déserter aux nègres, aussitôt que l'occasion s'en présenta.

Ses projets à la couronne.

Du moment que Buonaparte arriva au pouvoir souverain, surtout quand il eut réussi à se faire nommer Consul à vie, il aspira orgueilleusement à s'asseoir sur le trône de France; mais, avant de ne rien entreprendre, il essaya d'obtenir en sa faveur l'abdication de Louis XVIII. Ce vertueux monarque répondit à une pareille demande avec la dignité que l'adversité ne peut jamais altérer. Ne perdant pas courage, Buonaparte envoya un émissaire à Varsovie pour suivre ce projet insensé.

Cependant, à son arrivée à Varsovie, cet émissaire apprit qu'il n'y avoit pas de négociation entamée à ce sujet, comme on avoit essayé de le lui persuader. Il écrivit à Paris pour demander des instructions. Il reçut une réponse en date du 25 avril, et jamais chef de brigands ne donna à un assassin de sa bande d'instructions aussi atroces. Je vais les faire connoître.

1°. Le Prétendant (Louis XVIII) ayant refusé d'accéder à la proposition que lui a faite le premier Consul, vous l'enleverez de force , et s'il fait la moindre résistance, *vous le tuerez*. Comme il est possible que, dans le cas d'une rupture avec l'Angleterre, une armée française occupe le Hanovre, on vous enverra un détachement de troupes françaises en habits bourgeois. Le comte de *** en sera informé, et donnera des ordres à la régence de Varsovie de ne point envoyer de troupes après vous pour ramener ou protéger le Prétendant.

2°. Vous tâcherez de vous emparer des papiers de M. de la Chapelle et de M. de la Chapelle lui-même, s'il est possible, ainsi que de M. le comte d'Avray.

3°. Assurez-vous des commis de

la poste à Varsovie , pour intercepter, ou au moins lire., les lettres qu'écrit Louis XVIII et celles qui lui seront adressées.

On fit passer de Paris à Hambourg quatre mille ducats, qui furent de suite envoyés à Varsovie pour aider à la réussite du projet. L'émissaire ne s'étant conformé à aucune de ces instructions, quitta la Pologne. Un an après, on en envoya deux autres pour concerter les moyens d'empoisonner Louis XVIII et toute sa famille. Cet infernal projet fut découvert, et le roi se décida à quitter Varsovie, car très-probablement il auroit été livré à Buonaparte.

Buonaparte n'ayant pu réussir dans cet infâme complot, ses projets sur Louis XVIII ayant avorté, il conçut le projet d'attirer en France les princes français qui étoient en Angleterre, et de les faire accompagner par les généraux Pichegru, George, etc. L'affaire de George, dont je parlerai ci-après, tourna différemment que ne le vouloit Buonaparte. Ayant échoué dans cette occasion et dans son projet sur Louis XVIII, le besoin de s'abreuver de sang humain lui fit jeter les yeux sur une victime, qui succomba avec gloire, et dont le meurtre ne doit jamais être et ne sera jamais oublié. Les jacobins, encore puissans, lui faisoient craindre quelque obstacle de leur part au plan qu'il avoit conçu de s'emparer de la dignité impériale et de l'établir dans

5

sa famille. Ce projet devoit contra-
rier, je ne dis pas leurs opinions,
dont ils savoient déjà faire le sacrifice au besoin, mais leurs propres
vues d'ambition, auxquelles ils ne
renonçoient pas si facilement. Eux-
mêmes craignoient que Buonaparte
ayant pris place parmi les monarques, et voyant toujours en eux
des ennemis du système monar-
chique, ne les livrât, comme des victimes expiatoires, aux ressentimens
des souverains et des peuples que le
meurtre de Louis XVI et de sa famille avoit soulevés contre la France,
Buonaparte, pour dissiper leurs alar-
mes et changer en appui leur résistance présumée, conçut la pensée
de contracter avec eux un pacte infernal, de tremper lui-même ses

mains dans le sang des Bourbons, et de sceller ainsi avec eux, dont le crime étoit d'avoir déjà répandu la partie la plus précieuse du sang de cette illustre famille, l'alliance horriblement indissoluble de la complicité... Le duc d'Enghien fut égorgé, et les jacobins consentirent à laisser Buonaparte monter sur le trône, croyant en exclure par là une famille dont le retour étoit l'objet de leurs craintes continuelles, parce qu'ils devoient, d'après eux-mêmes, la supposer remplie d'un esprit de vengeance implacable.

L'imagination a beaucoup de peine à s'expliquer à elle-même le motif de l'horrible cruauté dont le duc d'Enghien fut la victime : il faut remonter jusqu'en 1796 pour trou-

5.

ver ce motif. C'étoit en septembre ; à l'époque de la fameuse retraite de Moreau. Cet officier se trouvoit souvent chez la comtesse d'Obernsdorf, femme du président du duché de Neubourg. La maison de cette dame, d'ailleurs distinguée par son esprit et ses manières, étoit le rendez vous des généraux français. Un jour, le général Moreau, en présence de Vandamme, de Saint - Cyr et de quelques autres officiers supérieurs, parla franchement du gouvernement révolutionnaire. « Croyez-vous, Madame, dit-il, que nous respectons l'ordre actuel des choses, ou les individus qui sont à la tête du gouvernement?... Détrompez-vous : nous sommes obligés d'en faire semblant, car les gouvernemens étrangers ne veulent pas traiter avec les armées, et, s'ils le voulaient, les armées et le Directoire se feroient entre eux une guerre civile. Mais, continua-t-il, laissez-nous seulement rentrer en France ; il y aura une révolution militaire. La république ne convient pas à la France ; il nous faut un monarque constitutionnel. L'armée compte beaucoup sur un jeune prince qui s'est déjà acquis une réputation dans la carrière des armes, et qui a prouvé par sa valeur que le sang du grand Condé coule dans ses veines. »

Ce propos ayant été rapporté à Buonaparte, il jura la perte du héros que l'estime de l'armée française pouvoit lui opposer d'un moment à l'autre.

Pour parvenir à l'accomplissement de l'horrible attentat qu'il méditoit depuis long-temps, Buonaparte envoya un de ses affidés à Ettenheim, et cet homme s'assura qu'il n'étoit pas difficile de se saisir de la victime. Buonaparte s'adressa d'abord à un de ses aides de camp (*Lacuée*) pour l'exécution de son projet : ce jeune homme refusa positivement de s'en charger. Il avoit été élevé avec M. le duc d'Enghien, et il ne voulut pas devenir l'instrument de la mort du petit-fils de son bienfaiteur. M. Lacuée ne se doutoit pas que ce motif seul avoit déterminé son maître féroce à le choisir pour ce crime infâme... L'aide de camp fut envoyé en prison, et n'en sortit que quand le crime fut consommé. Alors il reçut l'ordre de

rejoindre son régiment ; et fut tué
en 1805, près d'Ulm.

Buonaparte avoit un autre aide de
camp que les mêmes raisons et
l'exemple de M. Lacuée auroient
dû décider à refuser, comme l'avoit
fait ce dernier, cette horrible mission;
mais il ne fut pas aussi délicat , et
accepta sans scrupule l'offre qui lui
fut faite de contribuer à exécuter un
pareil crime.

Les gens de Buonaparte avoient
espéré de trouver le roi de Suède
chez le duc d'Enghien, où il devoit passer quelques semaines. Ils
avoient ordre de l'arrêter aussi ;
mais il étoit alors à Carlsruhe, chez
l'électeur de Baden , son beau-père,
et échappa , par cette circonstance,
aux ménées des scélérats employés
par le tyran.

Assassinat du duc d'Enghien.

Lorsque Buonaparte fit enlever le duc d'Enghien d'Ettenheim , il y avoit trois ans que ce prince y vivoit retiré. Il y demeuroit dans une propriété qu'il avoit acquise, et où il s'étoit établi de l'agrément de l'électeur de Bade et du consentement de Buonaparte lui-même, qui en avoit été instruit par l'électeur.

Le 15 mars 1804, les généraux Ordener et Fririon arrivèrent le soir même à Ettenheim : le duc d'Enghien venoit de se coucher. Averti qu'on entendoit du bruit autour de sa maison, il saute en chemise de son lit , et saisit un fusil ; un de ses valets de pied en prend un autre : ils ouvrent la fenêtre. Le duc d'En-

ghien crie : *Qui va là ?...* Un gendarme répond par une impertinence.
Le prince et son valet de chambre alloient faire feu , lorsque le baron de
Greinsteim , premier gentilhomme
du duc d'Enghien, lui arracha son
arme, en s'écriant que c'étoit vouloir
empirer les choses que d'entreprendre
une défense inutile. Ce gentilhomme
se coucha ensuite tout habillé , après
avoir promis au duc de se livrer pour
lui, si on venoit pour l'arrêter sans
chercher à le reconnoître. Le prince
passe à la hâte un pantalon, une
veste de chasse ; il n'a pas le temps de
mettre des bottes ; on monte l'escalier, on entre le pistolet au poing , et
on demande brusquement : « *Qui est
le duc d'Enghien?...*» Malgré la pro-
messe qu'il avoit faite au prince , le

baron de Greinstein garde le silence.
On renouvelle l'interrogation, même
silence de la part de celui qui devoit
parler dès la première fois, s'il eût
été digne des marques de confiance
qu'il avoit reçues. Le prince jette **un**
regard de mépris sur son premier
gentilhomme, et dit aux gendarmes :
« Si vous venez pour arrêter le **duc**
d'Enghien, vous devez avoir son si-
gnalement ; cherchez-le. » Ceux-ci,
croyant parler à un des gens du duc,
répondent : « Si nous l'avions, nous
ne vous ferions pas de questions :
puisque vous ne voulez pas le dési-
gner, marchez tous... » Et en même
temps M. le duc d'Enghien est saisi
au corps par un brigadier de gendarmerie.

On l'avoit enlevé de chez lui bru-

talement, sans lui donner le temps
de s'habiller, ni même de se chaus-
ser. Il étoit en pantoufles : on fit
halte près d'un moulin ; là se trouva
le bourgmestre d'Ettenheim ; on le
somma de dire le nom des personnes
arrêtées : il les nomma l'une après
l'autre; le duc d'Enghien fut le troisième reconnu.

On arriva le 20, à quatre heures
et demie du soir, près la barrière
Saint-Martin. Là se trouva un courrier qui apportoit l'ordre de *filer le
long des murs et de gagner Vincennes*. On y arriva sur les cinq heures.
Le prince, exténué de besoin et de
fatigue, prit à peine un léger repas.
Il se jeta ensuite sur un mauvais lit,
disposé dans une pièce de l'entre-
sol. Le duc ne tarda pas à s'endor-

mir profondément. Vers les onze heures, on l'éveilla en sursaut ; on le conduisit dans une pièce du pavillon du milieu, faisant face au bois. Là, il étoit attendu par huit juges ou plutôt huit bourreaux....

Interrogé par eux, le duc leur parla avec la noblesse et la simplicité qui convenoient à son caractère et à sa vertu. Le président lui ayant demandé pourquoi il avoit porté les armes contre son pays, il répondit : « J'ai combattu avec ma famille pour recouvrer l'héritage de mes ancêtres; mais depuis que la paix est faite, j'ai posé les armes, et j'ai reconnu qu'il n'y a plus de rois en Europe. » Les juges étoient incertains : son innocence, son nom et le souvenir de son illustre intrépidité les faisoient hésiter.

Ils écrivirent à Buonaparte pour avoir ses ordres. On tint conseil aux Tuileries : Cambacérès opina pour que l'on n'immolât point le prince : Ah! depuis quand, répondit Buonaparte, êtes-vous devenu si avare du sang des Bourbons?.... et il écrivit au bas de la lettre qui lui avoit été adressée ces mots infâmes, qui seront pour lui une tache ineffaçable : *Condamné à mort.*

La sentence prononcée, le prince voit entrer M. N...., officier de gendarmerie d'élite, qui avoit été élevé dans la maison de Condé. Il le reconnoît et lui témoigne sa joie de le revoir. M. N...., qui conservoit un cher souvenir de la jeunesse du prince, au lieu de répondre, baisse la tête et pleure. Hélas ! c'étoit lui qui com-

mandoit le détachement chargé d'exécuter l'arrêt de la commission militaire..... On quitte le repaire des
assassins : on descend dans les fossés
du château par un escalier étroit,
obscur et tortueux. Le prince se
retourne vers l'officier et lui dit :
Est-ce qu'on veut me plonger tout
vivant dans un cachot ? Suis-je des-
tiné à périr dans les oubliettes?....
Non, monseigneur, lui répond N....
en sanglotant ; soyez tranquille. On
continue la marche, et l'on arrive
au lieu du massacre. Le jeune héros voit tout cet appareil et s'écrie :
Ah ! grâce au ciel ! je mourrai de la
mort d'un soldat.

Au moment d'être frappé, le duc
d'Enghien debout et de l'air le plus
intrépide dit aux gendarmes : Allons,

mes amis...—Tu n'as point d'amis ici, dit une voix insolente et féroce. En général, on entoura la mort de ce prince de toutes les circonstances douloureuses que l'on put y ajouter. Aussitôt après la lecture de son jugement, il demanda un ministre de la religion pour remplir ses derniers devoirs. Un sourire insultant et presque général accompagna la réponse suivante que lui fit un de ses juges : Est-ce que tu veux mourir en capucin ? Un prêtre? Bah! ils sont tous couchés à cette heure. Le prince, indigné, ne proféra pas un seul mot. Il s'agenouilla, éleva son âme à Dieu, et après un moment de recueillement se releva et dit : Marchons. Savary, ainsi que Murat, étoient présens à l'exécution. En

allant à la mort, le duc d'Enghien
témoigna le désir qu'on remît à une
personne qui lui étoit extrêmement
chère, une tresse de ses cheveux,
une lettre et un anneau. Un soldat
s'en étoit chargé ; Savary s'en étant
aperçu, les saisit en s'écriant : Personne ici ne doit faire les commis-
sions des traîtres.

C'est dans la partie orientale du
château de Vincennes qu'a été fu-
sillé, en mars 1804, Louis-Antoine-
Henri de Bourbon, né à Chantilly
près Paris, le 2 août 1772, prince
réellement accompli, et dont les
qualités brillantes promettoient un
digne petit-fils du grand Condé. Sa
mémoire fut honorée dans toute
l'Europe par des cérémonies reli-
gieuses. On célébra en son honneur

à Saint-Pétersbourg un service, où le cénotaphe portoit l'inscription suivante :

Au grand et magnanime Prince
LOUIS-ANTOINE-HENRI
BOURBON - CONDÉ, DUC D'ENGHIEN,
non moins recommandable
par sa valeur personnelle et celle de ses ancêtres,
que par sa mort funeste.
Un monstre Corse,
la terreur de l'Europe,
le fléau du genre humain,
l'a dévoré à la fleur de son âge.

Conspiration de George.

Buonaparte étoit lui-même l'artisan de toutes les conspirations tramées contre lui. Quant à celle de Pichegru, il ne peut y avoir aucun doute.

6

Les jacobins n'avoient pas paru le seul empêchement aux projets ambitieux de Buonaparte. Il y avoit aussi les royalistes, invinciblement liés à la cause des Bourbons; il y avoit aussi les républicains par principes ou par habitude, qui, n'ayant jamais professé des opinions extrêmes, et ayant encore moins commis des actions coupables, s'étoient attachés à la forme du gouvernement par les services qu'ils lui avoient rendus dans l'administration, dans la magistrature et dans les armées. Au premier rang de ces hommes abusés, mais estimables, figuroit le général Moreau, reconnu de l'Europe entière pour le premier capitaine de l'époque; doué d'autant de modestie et de simplicité que Buonaparte étaloit de vanité et de charlatanerie ; estimé des chefs et des peuples ennemis, envers qui il se montroit toujours loyal, humain et généreux ; adoré de ses soldats, dont il ménageoit le sang, et de ses lieutenans, dont il ne déroboit point la gloire ; étranger à ces disputes de prééminences toujours si vaines et souvent si fatales ; on le vit plus d'une fois, après s'être laissé dépouiller sans murmure du commandement suprême, le reprendre sans orgueil pour sauver son armée, et le remettre sans humeur pour recommencer à obéir, n'ayant d'autre ambition que celle d'être utile à son pays, et se croyant peu habile à le servir autrement que les armes à la main. Dès qu'il les avoit déposées, il rentroit sans éclat, sans

6.

faste, dans les rangs de la société, vivoit paisiblement dans un cercle de parens et d'amis ; et le grand général, redevenu simple citoyen , passoit, sans être aperçu au milieu d'un peuple qui s'entretenoit encore de ses exploits. Un tel homme et Buonaparte différoient trop pour qu'aucun lien pût les unir , aucun intérêt les rapprocher. Buonaparte nourrissoit contre Moreau une haine jalouse et cruelle , que toute sa dissimulation ne pouvoit parvenir à cacher. Moreau , exempt d'envie , avoit pour le caractère intrigant et artificieux de Buonaparte un froid mépris, dont l'expression franche trouvoit des échos perfides ou indiscrets. Moreau s'étoit quelquefois moqué des pompes ridicules dont Buonaparte avoit

cru devoir décorer son pouvoir nais-
sant; et Buonaparte furieux avoit juré
la perte de Moreau, qui ne pouvoit pas s'en tenir toujours à des
plaisanteries, qui pouvoit, fort de
son immense crédit dans le peuple
et dans l'armée, arrêter l'usurpateur au pied du trône même sur lequel il vouloit monter.

Buonaparte enfanta donc un des
projets les plus machiavéliques qui
soient sortis d'une tête humaine.
Les royalistes l'inquiétoient ; des
émissaires furent chargés par lui
de tromper ceux du dehors sur le
véritable état des choses en France,
de les engager à nouer des relations
avec ceux de l'intérieur, et enfin de
les déterminer à se rendre eux-
mêmes à Paris pour y consommer

l'exécution du complot qu'ils avoient arrêté. Les royalistes donnèrent dans ce piége odieux. Parmi eux on distinguoit, à cause de son ancienne gloire, le général Pichegru : l'amitié l'avoit lié autrefois avec le général Moreau ; le vaste amas des erreurs et des torts révolutionnaires avoit séparé ces deux hommes, qui n'avoient pas cessé de s'estimer, et qui désiroient peut-être se rapprocher. La présence de Pichegru à Paris occasiona quelques entrevues entre lui et son ancien ami, et les espions, placés jusque dans le sein de la société de Moreau par Buonaparte, ne manquèrent pas de l'en informer. Pichegru étoit venu pour conspirer ; il avoit vu Moreau, donc Moreau conspiroit aussi : quelle joie pour Buonaparte de les perdre tous deux , et surtout de perdre l'un par l'autre !... Les tortures physiques et morales de la police, et l'infamie payée d'un déla- teur , servirent bientôt la passion de Buonaparte , et bientôt Paris vit en frémissant sur tous les murs le nom de Pichegru , celui de Moreau , ac- compagnés de l'odieuse épithète de brigands.

Il étoit essentiel pour Buonaparte de voir Moreau impliqué dans la cons- piration , même par l'invention du mensonge le plus invraisemblable comme le plus impudent, parce qu'il vouloit écarter un ennemi aussi re- doutable, avant d'essayer de se ren- dre souverain absolu de la France. En- fin, ce fut sur des invitations et des encouragemens semblables, que ces malheureux royalistes se rendirent en France ;... ils étoient trahis même avant de partir. Il ne suffisoit pas à Buonaparte d'être parvenu à son but, en enveloppant Moreau et Pichegru dans la conspiration, il vouloit les faire condamner à mort. Cependant l'adresse et la fermeté de Pichegru lui causèrent quelque inquiétude. Pichegru fut étranglé dans sa prison. On prétendit qu'il s'étoit étranglé lui-même, et l'on eut l'audace de constater le prétendu suicide par un procès verbal qui en démontroit l'impossibilité. Buonaparte destinoit à Moreau un sort plus affreux encore : il avoit ordonné au tribunal de le condamner à mort, afin que lui-même, disoit-on, pût le flétrir ensuite de lettres de grâce plus déshono-

rantes que le supplice. Il est permis de
douter aujourd'hui qu'il ait eu réellement l'intention d'user de cette espèce
d'indulgence, toute cruelle qu'elle
eût été : sa propre conduite a prouvé
depuis que la perte de l'honneur lui
sembloit moins cruelle que celle de la
vie ; et sans doute il auroit cru mieux
servir à la fois sa haine et sa sûreté,
en laissant périr Moreau sur l'échafaud, qu'en lui remettant sa peine.
Quoi qu'il en soit, Moreau fut sous-
trait à l'un et à l'autre de ces sup-
plices par l'arrêt du tribunal, qui
le condamnoit à deux ans de prison ;
peine que Buonaparte commua bientôt en un bannissement perpétuel :
mais il eut de quoi se consoler de la
douleur de voir que les lauriers de
Moreau avoient sauvé sa tête d'un

7.

trépas ignominieux. Après avoir bu,
en signe d'alliance avec les jacobins,
dans une coupe remplie du sang
du duc d'Enghien, avoir donné la
mort à Pichegru, le plus redouté
de tous les chefs du royalisme; enfin, après avoir envoyé Moreau
sur le banc des criminels et avoir
chassé de sa patrie et exilé ce
grand militaire, l'objet de son éter-
nelle jalousie et le plus illustre
représentant du parti républicain,
tel qu'il existoit alors en France, il
crut voir les degrés du trône entièrement libres devant lui, et il y monta
pour faire, pendant dix ans, le malheur du monde entier.

Assassinat de Pichegru.

Buonaparte, qui redoutait la popularité de Pichegru, et le langage ferme, énergique et hardi qu'il avoit tenu à Réal lors de son interrogation, résolut sa perte; car ce dernier ayant dit à Pichegru :

« *Vous êtes certainement venu avec le projet de rétablir les Bourbons? — Et quand cela seroit,* répondit Pichegru, *qu'est-ce qui est le plus honorable de placer la couronne sur la tête d'un prince légitime, ou sur celle d'un faquin à qui je n'aurois pas laissé battre le tambour dans mon armée?...* »

Pichegru étoit gardé par deux gendarmes ; mais comme la police ne se soucioit pas d'avoir des gendarmes dans la maison où le meurtre devoit se commettre, on les éloigna, sous prétexte qu'il y avoit beaucoup de mécontentement dans la gendarmerie, et qu'on ne pouvoit pas compter sur eux (ce qui, par parenthèse, étoit vrai). En conséquence, des Mameloucks et des Albanais furent chargés de faire le service au Temple, et l'exécution fut confiée à ces premiers. Quatre hommes l'étranglèrent, et ces quatre hommes furent ensuite fusillés pour quelque crime supposé ; le fait est que le gouvernement avoit peur que tôt ou tard ils ne parlassent.

Mais ce qui convainquit le public que Pichegru avoit été assassiné, fut une étourderie inconcevable que le gouvernement commit.

C'est un fait bien connu qu'on annonça publiquement que le corps de Pichegru seroit transporté du lieu où il avoit été assassiné, dans la cour de justice criminelle, pour y être examiné, et pour y être fait lecture en même temps du procès verbal des chirurgiens, rendant compte des causes de sa mort, en présence de tous les juges de cette cour, qui eurent l'ordre de s'y rendre. Mais lorsqu'ils arrivèrent, on n'avoit point encore apporté le corps de Pichegru ; il n'étoit pas assassiné!!!... Cruelle et à la fois burlesque méprise de la scélératesse !... l'exécution n'eut lieu que le lendemain du jour pour lequel les juges avoient été mandés.

En conséquence de ce défaut de prévoyance, ils s'en retournèrent très-surpris. Le lendemain, ils furent de nouveau avertis pour le jour suivant, et dans l'intervalle le malheureux Pichegru fut étranglé.

Le capitaine Wright.

Je vais maintenant rendre compte d'un fait qui ne sera jamais oublié. J'espère que ni conquêtes, ni couronnes, ni victoires, ni nouveaux mariages n'effaceront jamais de l'âme d'un Anglais le souvenir des cruautés sans exemple exercées sur un capitaine de la marine britannique ; je veux parler du capitaine Wright, dont le crime étoit d'avoir obéi aux ordres de son gouvernement, qui consistoient à faire débarquer sur la côte quelques personnes dont il ne connoissoit nullement la mission.

Qu'eût dit l'Europe entière, si le gouvernement anglais eût fait mettre à mort l'amiral du vaisseau français

le Hoche, pris sur les côtes d'Ir-
lande, ayant à bord Théobald Wolfe
Tone? Les circonstances étoient cependant à peu près les mêmes, et plutôt en faveur du capitaine Wright,
en ce que M. Tone étoit à bord avec
des troupes, et portoit l'uniforme
français; au lieu qu'il n'y avoit pas
de troupes à bord du vaisseau com-
mandé par le capitaine Wright.

Tout le monde sait qu'il fut ap-
pelé pour déposer au procès de Mo-
reau, mais qu'il refusa de répondre
aux questions qui lui furent faites.
Buonaparte croyoit que le capitaine
Wright connoissoit des personnes à
Paris, qui auroient été en correspon-
dance avec le gouvernement anglais.
En conséquence, après le procès de
Moreau, on appliqua le capitaine

Wright aux tortures les plus cruelles, telles que de lui serrer les pouces, de lui frotter de lard la plante des pieds, et d'y appliquer des plaques de cuivre rougies au feu ; ils lui coupèrent un bras, puis une jambe. Ses bourreaux ne se bornant pas à ces cruautés, eurent l'impudence de lui dire : « *Qu'à présent qu'il étoit hors d'état de retourner dans sa patrie,* le gouvernement français auroit soin de sa personne, s'il vouloit révéler tout ce qu'il savoit. » A cela il répondit « qu'il se regarderoit comme rebelle à son dieu et à son roi, s'il avoit la moindre communication avec des êtres capables de se conduire comme ils l'avoient fait. » Peu après il fut étranglé, et le corps fut enlevé du Temple au milieu de la nuit.

On dit alors dans les journaux qu'il s'étoit coupé la gorge, après avoir lu dans le *Moniteur* la nouvelle de la capitulation du général Mack et de son armée à Ulm. Il n'est cependant pas très-probable qu'un homme qui se seroit déterminé à se couper la gorge, parce qu'il auroit reçu de mauvaises nouvelles, auroit attendu neuf jours pour exécuter son dessein; et les journaux français eux-mêmes conviennent que neuf jours s'étoient écoulés depuis qu'il avoit lu le récit du *Moniteur*, jusqu'à celui où l'on répandit le bruit qu'il avoit commis cet acte de désespoir.

Couronnement.

Ainsi Buonaparte marchoit de crime

en crime, et ce fut à cet être épouvantable que les Français prêtèrent serment de fidélité, et sur sa tête qu'on plaça la couronne des Bourbons! Pour rendre *la farce* complète, et donner l'apparence de la légitimité à son usurpation, le tyran crut qu'elle seroit en quelque sorte sanctionnée aux yeux du peuple, s'il pouvoit être couronné par le Pape. Ceci souffrit de grandes difficultés par la résistance qu'y opposa le Saint-Père; il fut cependant à la fin obligé de céder à la force, et se mit en route pour se rendre de Rome à Paris.

Pour prix d'un tel sacrifice, l'infortuné Pie VII, victime de la plus noire perfidie, arraché nuitamment de ses états et transféré à Fontai-

nebleau, se vit en butte aux persé-
cutions d'un homme à qui il avoit
prodigué les plus grandes faveurs,
et qui ne sut répondre à de si éton-
nans bienfaits, que par une ingratitude plus étonnante encore.
Quel spectacle à retracer que celui
d'un vieillard courbé sous le poids
des ans, accablé d'infirmités, enlevé
à ses amis les plus intimes, à ses
conseillers les plus fidèles, n'ayant
que Dieu pour témoin de sa patience,
et pour appui que son humble prière,
triomphant dans les fers de l'oppresseur des nations, et montrant,
par son exemple, qu'une conscience
religieuse est au-dessus de toutes les
forces humaines ! Quelle matière à
de grandes et utiles réflexions !!!..

La conscription.

Que lui importoient les victimes de sa fureur guerrière et dévastatrice?... N'avoit-il pas la conscription?... Quels maux cette loi seule de la conscription ne versa-t-elle pas sur la France! Chaque jour des dispositions nouvelles qui la rendoient encore plus meurtrière. Avec quelle cruauté croissante et quel despotisme Buonaparte n'éludoit-il pas toujours cette même loi, ne la violoit-il pas pour la rendre plus barbare encore! Ne respectant pas les barrières qu'il avoit posées lui-même, reprenant les décimés qui s'étoient plusieurs fois légalement rachetés, les comprenant sous des dénominations différentes dans de nouveaux enrôlemens militaires, devançant l'âge qu'il avoit fixé, ces infortunés, enlevés à leur chaumière avant d'être parvenus à l'âge d'homme, se prenoient à pleurer, et crioient en tombant frappés par le boulet : Ah ! ma mère, ma mère ! cri déchirant, qui dénotoit l'âge tendre de l'enfant arraché la veille à la paix domestique, de l'enfant enlevé tout à coup des mains de sa mère dans celles de son barbare souverain : tels étoient les moyens affreux qu'il prenoit pour remplacer par de nouvelles victimes celles péries par le fer meurtrier et la foudre du dieu des combats ; et si le ciel n'eût arrêté sa fureur, la France entière n'auroit bientôt offert que des femmes, des enfans, des mutilés, des vieillards blanchis par l'âge, et prêts à descendre au tombeau. Enfin rien ne pouvoit échapper à cette loi dévastatrice, car Buonaparte avoit rendu responsables pères, mères, frères, sœurs, oncles, tuteurs, etc., et jusqu'aux communes même du conscrit qui auroit tenté de s'y soustraire.

Envahissement de l'Espagne.

Le traité secret de Tilsitt répandit les germes de nouveaux maux, et ouvrit la voie à de nouvelles usurpations. Les troupes du tyran, dont les bras étoient encore fatigués de carnage, furent envoyées en Espagne et en Portugal, sous prétexte d'attaquer Gibraltar et d'occuper les ports du Portugal.

Le roi d'Espagne , don Carlos, foible à la vérité, mais cependant souverain indépendant de toute puissance étrangère , s'étoit. laissé séduire par les artifices de Buonaparte, et avoit formé avec la France une alliance contre l'Angleterre. La marine d'Espagne étoit aux ordres de Buonaparte, et supportoit le poids de ses batailles navales. La fleur de l'armée espagnole , montant à soixante mille hommes, avoit été envoyée en Allemagne, pour combattre aussi sur terre pour Buonaparte , et contribuer à la chute de la Russie , de la Prusse et de l'Autriche. En l'absence de ces défenseurs naturels de leur patrie , une armée française est envoyée en Espagne, sous le prétexte spécieux d'occuper les ports du Portugal : mais ces hordes ont à peine pénétré en Espagne , qu'il s'empare des forteresses espagnoles, et prétend traiter comme rebelles tous les Espagnols qui lui résistent. Il attire le roi d'Espagne et son fils à Baïonne, sous prétexte d'interposer sa puissante médiation et de décider entre eux.

Le vieux roi d'Espagne Charles IV, son épouse, ses enfans, et entre autres le prince des Asturies, que l'abdication de son père avoit saisi de la couronne sous le nom de Ferdinand VII, furent gardés à vue à Baïonne, après que Buonaparte les y eut attirés. A l'aide de divers stratagèmes, Buonaparte sut bientôt s'emparer de l'esprit du vieux roi, à un tel point que celui-ci redemanda le trône à son fils. Le prince des Asturies se fit un devoir de céder à ce désir, mais aux conditions suivantes : 1°, que Charles IV retourneroit à Madrid, où il seroit accompagné par lui, qui le serviroit en fils soumis et fidèle ; 2°, que les Cortès y seroient assemblés, ou que, si la réunion d'un corps aussi considérable répugnoit au vieux roi, tous les tribunaux et députés du royaume seroient convoqués ; 3°, que ce seroit en présence de ce conseil que la résignation du prince des Asturies auroit lieu d'une manière légale, et propre à rendre publics les motifs dans lesquels elle seroit faite; 4°, que Charles IV ne se feroit pas suivre par certaines personnes signalées comme s'étant attiré justement la haine

8

de toute la nation ; 5º, que si, comme le prince des Asturies prétendoit en avoir été informé, le vieux roi ne vouloit plus régner en personne ni retourner en Espagne, dans ce cas, lui, prince des Asturies, prendroit le gouvernement en son nom royal, comme son lieutenant. Ces conditions, dès le lendemain 2 mai 1808, attirèrent au prince des Asturies, de la part de son père, une lettre foudroyante, que le secrétaire d'état Cevallos prétend avoir été dictée entièrement par Buonaparte.

Le prince des Asturies fit à cette lettre une réponse justificative, qui ne remplit pas les vues du roi. Charles IV l'appela alors, et, dans les termes les moins ménagés, lui ordonna, en présence de la reine sa

mère et de Buonaparte, de souscrire
une abdication pure et simple. Le
prince des Asturies le fit dans la
lettre suivante :

« Mon très-honoré père et sei-
» gneur, j'ai déposé entre vos mains,
» le 1ᵉʳ de ce mois, ma renoncia-
» tion à la couronne en faveur de
» Votre Majesté ; j'ai cru qu'il étoit
» de mon devoir de modifier cette
» renonciation par des conditions
» que m'imposoient également et
» le respect que je porte à Votre
» Majesté, et la tranquillité de mes
» états, et la conservation de mon
» honneur et de ma réputation.
» C'est avec une extrême surprise
» que j'ai vu l'indignation qu'avoient
» produite dans l'âme de Votre Ma-
» jesté ces modifications dictées par

8.

» la prudence, et commandées par
» l'amour que je porte à mes su-
» jets. Sans autre motif quelconque,
» Votre Majesté a jugé convenable
» de m'adresser, en présence de ma
» respectable mère et de l'empe-
» reur, les propos les plus inju-
» rieux, et, non contente de cela,
» de me redemander ma renoncia-
» tion pure et simple, sous peine
» d'être moi-même, ainsi que les
» personnes qui composoient mon
» conseil, traités comme des cons-
» pirateurs.

» Dans cet état de choses, je re-
» mets à Votre Majesté la renon-
» ciation qui m'est *commandée*,
» afin qu'elle puisse retourner en
» Espagne pour y reprendre les rênes
» du gouvernement dans l'état où il

» se trouvoit le 19 mars, lorsque
» Votre Majesté abdiqua spontané-
» ment sa couronne en ma faveur. »

C'est en vertu de cette lettre et
des autres actes de renonciation qui
furent aussi extorqués à l'infant don
Carlos , frère du prince des Asturies , et à son oncle l'infant don An-
tonio, que le vieux roi Charles IV
fit à Buonaparte cession de la couronne d'Espagne, qu'il plaça sur la
tête de son frère Joseph.

Son Divorce.

Se voyant, comme il le disoit sans
cesse, favorisé par la fortune et par
ses armes, Buonaparte songea à s'al-
lier avec une des puissances de l'Europe, et jeta ses vues sur la maison

d'Autriche ; mais il falloit rompre une union qu'il ne regardoit que comme inférieure à lui, depuis qu'il étoit monté sur le trône. Ce fut à cette occasion qu'il se servit de toute l'astuce de son esprit pour parvenir à son but ; et, sous le prétexte de l'intérêt public, sous celui de laisser un héritier de son nom qui pût assurer le bonheur des Français, il osa faire proposer au Sénat la dissolution de son premier mariage. Ce premier corps de l'état consentit sans aucune difficulté à cet acte, qui étonna l'Europe entière ; et l'empereur d'Autriche croyant, par le plus grand des sacrifices (celui de lui donner une fille chérie), obtenir une paix et une alliance continues avec l'homme qui avoit porté tant de fois dans ses états le ravage de la guerre, n'hésista pas à souscrire à ses vues.

Non content de dissoudre son mariage, Buonaparte choisit le jour qu'Eugène, son beau-fils, parut pour la première fois au Sénat pour y prêter son serment, pour faire faire le rapport des motifs qui l'engageoient à rompre une union de laquelle il n'avoit nullement à se plaindre, et il donna à l'Europe le spectacle d'un fils sacrifiant les intérêts d'une mère chérie à l'ambition de celui dont ce même fils avoit tant de fois défendu la cause par son courage et sa valeur. Ce trait est peut-être unique dans l'histoire, et donne une idée de ce que l'on pouvoit attendre d'un homme qui brisoit, sur

de vains motifs , le lien d'une des ins-
titutions les plus sacrées.

D'ailleurs , n'avoit-il pas la faculté de se choisir un successeur,
et sa nombreuse famille ne lui en
fournissoit - elle pas les moyens ?
Mais cela ne suffisoit pas à son ambition , et l'alliance avec une tête
couronnée satisfaisoit mieux ses
désirs. Ainsi Joséphine , qui avoit
contribué à l'élévation du despote,
éprouva , comme tant d'autres, son
ingratitude ; mais ce qui dut la consoler , c'est qu'elle fut généralement
regrettée , et que la fermeté de caractère qu'elle déploya dans cette
circonstance , ne servit qu'à lui ac-
quérir de plus en plus l'estime des
Français et de l'Europe entière.

Campagne de Moscou.

Cette effroyable catastrophe est unique dans les fastes de l'histoire. L'armée de Cambyse, ensevelie sous les sables de la Libye, l'expédition de Darius contre les Scythes, la défaite des légions de Varus, le désastre de Charles XII, n'offrent rien de comparable à ces scènes de désespoir et d'horreur qui ont laissé de si terribles souvenirs. Quel grand et déplorable spectacle que celui de l'agonie de quatre cent mille guerriers ! L'espace effrayant qu'ils avoient à franchir, et qui ne présentoit à leurs regards que les débris des hameaux et des villes, leur marche silencieuse au milieu des frimas, non pendant

quelques jours, quelques semaines,
mais pendant plus d'un mois, dont
chaque minute étoit comptée, dont
chaque seconde marquoit une perte,
une souffrance;... une armée de vic-
mes livrées aux horreurs de la faim,
sans force pour combattre un ennemi furieux, jetant ses armes, aban-
donnant ses canons, se disputant les
plus vils alimens, n'ayant qu'une
pensée, celle de son retour, et qu'un
aspect, celui de la mort....: voilà des
traits qui manquoient à Tacite lorsque, nous ouvrant les forêts de Te-
neberg, il traça d'une plume si sublime la défaite des légions de Varus. Mais toute la force de son génie, toute la puissance de sa parole
auroient-elles pu suffire, même pour
esquisser ici de si effroyables ta-

bleaux?...Est-il des expressions assez
touchantes, assez énergiques pour
faire sentir les angoisses de ces pâles
guerriers qui, sortant tout à coup
de leurs rangs avec un rire couvul-
sif, s'agitoient un instant, pous-
soient des cris étouffés, et tomboient
au milieu de leurs compagnons qui
passoient avec indifférence!!... L'é-
goïsme étoit devenu le plus grand de
leurs maux ; point de secours à espérer de cette foule d'hommes qui
ne marchoient que pour prolonger
leurs douleurs, qui ne s'arrêtoient que
pour mourir. Toutes les âmes étoient
abattues, tous les sentimens éteints,
ou, pour mieux dire, le malheur
étoit resté sans témoins ; il n'y avoit
plus que des victimes. Cependant,
que faisoit Buonaparte au milieu de

tant de calamités ? Il abandonnoit ses soldats, et nous parloit de ses victoires ; et lorsque, forcé d'avouer sa honte et sa fuite, il revenoit insolemment demander de nouvelles victimes ; lorsque, dans son dernier bulletin, il proclamoit la perte de son armée, la France entendit une voix adulatrice qui s'écrioit que «Ce bulletin devoit ajouter à l'admiration qu'inspiroient la fermeté héroïque et le puissant génie de S. M...» Peut-on être capable d'une telle bassesse ?..

Mais, à l'heure où des bataillons entiers restoient immobiles et glacés au milieu des déserts, d'autres infortunés s'égaroient, isolés dans ces vastes solitudes. Heureux lorsque le hasard les faisoit rencontrer ces longues lignes de morts qui attestoient le passage de l'armée ! Ils se guidoient par leurs traces sanglantes, et ne périssoient que lorsque cet horrible secours venoit à leur manquer. Hélas ! combien d'adieux ne furent pas entendus ! combien de larmes ne furent pas essuyées ! Buonaparte n'en versa point alors : lui seul avoit commis le crime, et lui seul ne connut pas la douleur.

Un de ces infortunés, délaissé de ses compagnons, fut long-temps errant dans les détours d'une forêt immense. Aucune habitation ne s'offroit à ses regards : s'il rencontroit un village, il étoit ruiné et désert ; s'il rencontroit des hommes, ils étoient morts ou expirans ; enfin il aperçoit la fumée d'une chaumière ;

son cœur bat avec violence, mais ses pieds à moitié nus refusent de le soutenir; il n'a plus que quelques pas à faire pour trouver du secours, et la force l'abandonne; il voit le lieu de son salut, et il ne peut y atteindre. Alors il pose un genou sur la terre, arrache les linges qui enveloppent ses pieds, et veut les ré-chauffer avec de la neige. Hélas! il ne s'aperçoit pas que le genou sur lequel il s'appuie est déjà glacé; c'est vainement qu'il tente de se re-lever : pendant qu'il fait un dernier effort, sa main gelée s'attache à la terre, son visage découvert se glace; c'est inutilement qu'il essaie de se ra-nimer : à peine il distingue quelques soldats qui passent à ses côtés, et

dont il ne peut se faire entendre. Il
est dans la marche de la congélation
un état de réaction qui n'a point encore été l'objet de l'étude des méde-
cins, et qui mérite d'attirer toute
leur attention. Au moment où la vie
est sur le point de s'évanouir, où
un sommeil irrésistible accable, ce
sommeil est tout à coup troublé par un
sentiment douloureux, par des in-
quiétudes pénibles qui raniment peu
à peu les sens. Chaque organe semble faire des efforts prodigieux pour
repousser l'agent destructeur qui le
tue, et dans cette lutte opiniâtre la
vie s'use insensiblement, si elle n'est
aidée par un secours étranger. Parvenu à cet état, notre infortuné se
ranime légèrement, son sang circu-

le, il ouvre les yeux et aperçoit une femme qui accourt à sa voix; elle le soutient, elle le traîne, elle l'encourage, ils arrivent aux portes de la chaumière ; et le spectacle le plus déplorable s'offre encore à leurs regards. Seize soldats semblables à des ombres étoient immobiles autour de plusieurs arbres enflammés ; aucun ne se dérange, aucun ne tourne la tête au bruit, ils ne se regardent pas même entre eux. En vain cette femme secourable leur crie qu'ils vont périr, s'ils ne s'éloignent du feu : ils ne voient et n'entendent rien. Leurs yeux sont fixés, leurs mains sont agitées de mouvemens convulsifs ; quinze minutes s'étoient à peine écoulées, et il n'en restoit

pas un seul vivant. A mesure que
de nouveaux soldats arrivoient dans
cette chaumière, on les voyoit se
précipiter vers le feu, s'asseoir si-
lencieusement sur les cadavres de
leurs camarades, et, saisis par le
changement subit de la températu-
re, tomber morts à leurs côtés. La
faim augmentoit encore le nombre
des victimes ; madame Aurose Bur-
say, arrachée de Moscou par Buonaparte, et se trouvant à deux journées
de Krasnoi, obtint, par une faveur
signalée, un paquet de farine de riz.
Mais le papier s'étant crevé, il s'en
répandit quelques onces sur le cuir de
la voiture de Buonaparte : tout à coup
un homme se précipite pour recueillir cette pincée de farine ; il la porte
à sa bouche, et il expire au même

instant auprès des roues de la voiture.... Mais revenons à l'incendie d'une des premières cités du monde ; considérons le dévouement sublime de ses habitans, l'aspect d'une armée accablée de fatigue, qui, au lieu d'un séjour de repos, n'aperçoit qu'une immense plaine couverte de palais enflammés. Voyons comme un affreux tableau les soldats qui apparoissent chargés de dépouilles au milieu de cet océan de feu, un peuple entier errant sans asile, sans pain, sans secours, dans des rues couvertes de cadavres. Non, jamais le ciel, dans sa colère, n'offrit aux hommes un spectacle plus effroyable ; et pour ajouter à son horreur il suffit de se représenter Buonaparte aux fenêtres du Kremlin, suivant froidement de l'œil les progrès de l'incendie qui alloit l'environner, et se décidant à fuir à l'aspect d'un danger qui ne l'eût pas fait frémir, s'il n'étoit devenu dangereux pour lui!!....

On ne vit alors dans Moscou que des militaires furetant dans les avenues des maisons, forçant les portes, arrachant les habitans de leurs retraites, et parcourant les rues sans souliers, sans habits, ou travestis si bizarrement, qu'ils n'avoient l'air de soldats que par leurs armes. Ce qui rendoit le pillage plus affreux, c'étoit l'ordre méthodique avec lequel on l'accordoit successivement à tous les corps de l'armée. Ces mêmes soldats qui venoient de se couvrir de gloire dans tant de combats, égarés par la misère et par leur chef, ne faisoient plus à la hâte un métier défendu ; ils exécutoient un ordre, ils remplissoient leur devoir. Pendant ce temps, Buonaparte étoit rentré dans le Kremlin, où il faisoit faire de la musique par des chanteurs italiens.

De la musique au milieu d'un horrible incendie, des cris de désespoir d'une multitude errante ! Qui pourroit retenir son indignation en lisant cet effroyable récit?....

Retraite de Leipsick.

La retraite de Leipsick fut le signal d'une déroute aussi désastreuse que celle de Moscou.

Partout on vit l'horrible spectacle de la terreur, du désespoir, de l'insubordination, du pillage, et aucun lieu ne fut respecté. A Erfurt, ville de passage, il existoit sept hôpitaux; au bout de vingt-quatre heures, pas un bouillon, pas un verre de vin, pas un morceau de pain, pas une compresse, pas une once de charpie! Les habitans eux-mêmes étoient sans subsistances; tout le monde fuyoit : les malades, les blessés seuls demeuroient ; ils expiroient d'inanition dans les refuges de l'humanité, ou plutôt dans les sépulcres de Napoléon.

Lorsque Buonaparte, rétrogradant, traversa Erfurt, on lui exposa la position déplorable des hôpitaux, « Je donne, dit-il, 6,000 francs *par jour sur ma cassette;* » et il partit au galop. La cassette arriva peu de temps après lui ; point d'ordre à exhiber, la cassette passa outre. Les malheureux !.... on frémit en songeant à leur sort.

Lorsqu'après l'affaire de Hanau, les débris de l'armée commencèrent à rentrer en France, rien n'avoit été préparé pour recevoir ces milliers d'infortunés, de spectres vivans, qui, pas à pas, traînant leur affreuse existence, affluèrent pendant quatorze jours sans interruption.

A Mayence, les hôpitaux, les églises, les lycées, les douanes, les magasins étant bientôt insuffisans, on eut recours aux maisons des habitans. Les Mayençais firent preuve, dans cette occasion, d'un dévouement sans bornes ; quinze mille malades ou blessés furent logés, soignés chez les bourgeois, et pourtant l'arrivée successive des bateaux ne se ralentissoit pas.

Le Rhin ressembloit à l'Achéron pendant des jours de carnage ; sans cesse s'avançoit vers la rive une barque silencieuse.... Au teint pâle et livide de ceux qu'elle amenoit, on croyoit voir les ombres de nos guerriers descendre sur les sombres bords de ce fleuve qu'on ne repasse plus...

C'est alors qu'on vit, pendant quatre-vingt-seize heures, les rues encombrées de mourans : les uns expiroient sur les degrés extérieurs, en attendant qu'un cadavre fût enlevé de la maison ; les autres, étendus au coin des bornes, avoient perdu l'espoir de rendre le dernier soupir sous un toit hospitalier. Le

râle de la mort s'entendoit à chaque
pas, la dyssenterie exténuoit tous
les corps, la ville n'étoit que fange,
l'air étoit infecté....

Sur la chaussée, des chevaux ruï-
nés, écorchés, d'une maigreur extrême, n'ayant ni fourrage, ni litière,
tomboient d'épuisement; des caissons
brisés, des affûts sans canons, des
fourgons renversés, des gémissemens,
des sanglots, des imprécations, un
temps affreux; sur la place d'armes,
enfin, des régimens entiers bivoua-
quant dans la boue; et Buonaparte?...
aux Tuileries ou bien à l'Opéra!!!

Quelques jours après, nouveau
fléau : une épidémie épouvantable
se déclara dans les hôpitaux, et
même dans la ville. Citadins, militaires, chefs, employés, presque

personne n'en fut exempt ; un nombre effrayant succomba ; le préfet lui-même, le gouverneur atteints, moururent.

Comment la contagion n'auroit-elle point exercé ses ravages au sein d'une cité où l'on reçut (à peine on pourra le croire) des blessés qui n'avoient point été pansés depuis Leipsick... quatre-vingt-douze lieues de distance ? Leurs plaies étaient gangrenées au point que les vers y pulluloient, et perçoient même à travers l'appareil.

Du 7 au 20 novembre, il mouroit à Mayence jusqu'à cinq cents individus par vingt-quatre heures, le huitième environ des bourgeois. On trouvoit dans chaque carrefour des corps inanimés, que les habitans

voisins venoient y déposer. Personne
pour les enlever ; beaucoup restoient
trois et quatre jours sur le pavé.
Les chars funèbres étoient réservés
spécialement pour les inhumations
civiles ; ils se croisoient sans interruption , cinq à six cercueils sur
chacun d'eux : toutes les voitures de
transport cachées ou requises, des
tas énormes d'immondices, la police mal faite, le maire aux abois....

Hors la ville , on apercevoit dans
le cimetière une quantité si prodigieuse de cadavres amoncelés, qu'elle
excédoit la hauteur des murs d'en-
ceinte.

On paya jusqu'à 60 fr. par jour
des fossoyeurs ; ils périrent tous :
le Rhin alors devint la tombe générale....

On frissonne lorsqu'on pense que
de tels malheurs sont le résultat
d'une coupable et volontaire impré-
voyance.

Massacre de Lutzen.

Après cet affreux massacre, toute
la maison de l'empereur, composée
de plus de soixante voitures, traversa ventre à terre le champ de
bataille, foulant aux pieds des chevaux, écrasant sans pitié les blessés
français. (Je dis *Français*, parce
que le mouvement de concentration
des alliés fut fait avec tant d'ordre
et d'habileté, qu'on ne trouva pas
après eux un seul des leurs.)

Eh bien ! les cris affreux, déchi-
rans ; ces corps mutilés, se roulant
pêle-mêle, se hâtant de traîner après

10.

eux leurs membres en lambeaux,
cherchant encore la vie sur le champ
de la mort ; l'effroyable craquement
des os et des crânes, le sang et les
cervelles qui jaillissoient jusque sur
les écuyers, ont-ils pu ralentir la
course meurtrière ?... Non : il falloit
bien que les valets imitassent leur
maître. Cet épouvantable exemple
fut donné, pour la première fois,
par Buonaparte *lui-même,* à son entrée dans la ville d'Eylau. Les rues
qui conduisoient au château étoient
encombrées de morts et de mourans ;
sa propre voiture écrasa, broya tout
ce qu'elle rencontra sur son passage ;
les cours du palais, semblables à
celles de Brienne, étoient jonchées
de blessés et de cadavres. « *Otez
donc ce spectacle de devant mes*

yeux, » dit Buonaparte en mettant pied à terre.

Pour exécuter cet ordre, un grand nombre de fourgons, destinés à recevoir ordinairement chacun *six* blessés, arrivèrent aussitôt. On eut la cruauté d'y en jeter jusqu'à *vingt,* les uns sur les autres, morts ou vivans, sans distinction. Ce n'est pas tout; pour étouffer les cris, les hurlemens, *on ferma les fourgons,* qui partirent au galop.

Première Abdication.

Tant de cruautés devoient nécessairement avoir un terme : l'ambition démesurée de ce tyran attira sur la France les forces réunies de toutes les puissances de l'Europe, qui voulurent enfin faire cesser le despotisme affreux du destructeur de l'espèce humaine. Persuadées que le peuple français, première victime de tant de forfaits, gémissoit en secret d'obéir à un tel monstre, elles résolurent de contribuer à sa délivrance. Le résultat de leurs généreux efforts eut tout le succès qu'elles s'étoient promis, et Buonaparte renonça au trône qu'il avoit usurpé par l'abdication suivante :

« Les puissances alliées ayant pro-
» clamé que *l'empereur Napoléon*
» étoit le seul obstacle au rétablis-
» sement de la paix en Europe,
» *l'empereur Napoléon*, fidèle à
» son serment, déclare qu'il renouce,
» pour lui et ses héritiers, aux trô-
» nes de France et d'Italie, et qu'il

» n'est aucun sacrifice personnel,
» *même celui de la vie*, qu'il ne
» soit prêt à faire à l'intérêt de la
» France.

» Fait au palais de Fontainebleau,
» le 11 avril 1814.

» *Signé*, NAPOLÉON. »

D'après cette abdication, il lui fut accordé en toute propriété pour le lieu de sa résidence pendant sa vie l'île d'Elbe, située sur les confins de l'Italie, et ce en toute souveraineté; il lui fut en outre accordé un revenu annuel de deux millions de francs, ainsi que la conservation de son titre et de son rang. Pouvoit-on se venger plus noblement d'un homme qui avoit porté si long-temps chez les puissances alliées tous les désastres de la guerre ?...

La France sortie, pour ainsi dire, de ses ruines, commençoit à respirer sous le règne paternel de son légitime souverain Louis XVIII, et dix mois d'un bonheur continu faisoient assez connoître ce que l'on avoit à espérer par la suite, lorsque les plaies de l'état seroient totalement cicatrisées. Les puissances alliées étoient rentrées dans leur patrie, se félicitoient d'avoir contribué, par une paix durable, à la tranquillité générale de l'Europe, et ne se doutoient pas qu'elles seroient encore un fois obligées de reprendre les armes pour en chasser un homme que ni la foi des sermens, ni les sentimens de l'honneur, ne purent retenir dans la retraite qui lui avoit été accordée. Du haut de son rocher, Buonaparte conspiroit encore sourdement contre la France, et, le 5 mars 1815, on le vit aborder sur les rives d'un pays où il avoit laissé tant de tristes et si cruels souvenirs.... Secondé par une vile populace et par des généraux parjures, il usurpa une seconde fois un trône qu'il avoit déjà souillé par tant de crimes, et força le meilleur des rois et son auguste famille à chercher encore une retraite dans les pays étrangers. A la nouvelle de cet horrible attentat, la France entière frémit de retomber encore sous le joug de fer d'un homme qui ramenoit à sa suite tous les fléaux destructeurs de l'humanité; chacun gémissoit en secret du sort infortuné d'un prince dont on avoit en si peu de temps apprécié toutes les vertus :

tous les vœux se reportoient sur
Louis XVIII, et toutes les craintes
sur Buonaparte. Ce dernier, aidé de
ses infâmes affidés, mettoit en usage
ce que la calomnie a de plus atroce
et le mensonge de plus grossier, pour
anéantir l'intérêt que l'on portoit à
une famille trop long-temps mé-
connue ; mais, au contraire, de
telles ruses ne servoient qu'à l'exci-
ter encore.

Un cri d'indignation avoit retenti
dans toute l'Europe, et les puissances
reprirent les armes pour chasser de
nouveau l'usurpateur. Bientôt leurs
innombrables phalanges parurent
sur nos frontières ; Buonaparte, qui
étoit parvenu à inspirer un enthou-
siasme digne d'une plus juste cause,
voulut opposer une digue au torrent

qu'il voyoit prêt à fondre sur lui. Il rassembla, de son côté, une armée considérable, composée de braves, séduits par un faux prestige de gloire et par les promesses falla-cieuses d'un homme qui avoit tant de fois abusé de leur bravoure et de leur crédulité. Le succès vint cou-ronner sa première bataille. En-hardi par ce triomphe momentané, il crut qu'il pourroit fixer la vic-toire ; mais la bataille de Mont-Saint-Jean, qui fut glorieuse pour nos ar-mées, et pourtant si funeste, vint pour jamais lui ravir toutes ses espérances. Après des prodiges incalculables de valeur, la déroute se mit dans les rangs, et la témérité présomptueuse de son chef anéantit en un instant une des plus belles armées dont se soit

12.

enorgueillie la France. Ainsi tant de
braves, dignes d'un meilleur sort,
trouvèrent la mort sur un champ de
bataille qui auroit de nouveau illustré
leurs armes, si Buonaparte, enivré
d'un sot orgueil et d'une fausse pré-
somption, n'eût pas rejeté les sages
avis de ses généraux. Loin de chercher à rallier une armée qui s'étoit
si courageusement défendue, Buonaparte eut la lâcheté de venir le premier dans la capitale annoncer sa
défaite. Pénétrée de l'horreur que
lui inspiroit une telle conduite, et
gémissant sur la perte de tant de
Français, la Chambre des soi-disant
Représentans du peuple, qu'il étoit
parvenu à créer, le força à donner
son abdication pour la seconde fois,
d'un pouvoir qu'il avoit si indigne-

ment usurpé. Les puissances alliées, poursuivant leur victoire, arrivèrent bientôt aux portes de la capitale, dont une honorable capitulation leur ouvrit l'entrée. Enfin, après trois mois d'oppression, de proscriptions en tout genre, les Français revirent le prince chéri, dont la bonté paternelle et les soins constans pouvoient seuls cicatriser tous les maux que l'usurpateur avoit ramenés à sa suite. Aussi lâche dans l'adversité, qu'insolent dans la prospérité, Buonaparte, pour conserver ses jours, a cru devoir implorer la loyauté du peuple anglais, en se mettant entre ses mains, et en préférant traîner une vie ignominieuse, qu'il ne doit qu'au mépris qu'a pour lui la nation généreuse qu'il a ca-

lomniée tant de fois si indignement :
que ne périssoit-il glorieusement sur
le champ de bataille !....

Son oppression.

A qui dut-on tous les maux qui
accablèrent la France? A un seul
homme.... à Buonaparte. C'est lui
qui, chaque année, par la conscription, décimoit les familles. Quel est
le Français qui n'ait perdu un fils,
un frère, des parens ou des amis?
Pour qui tous ces braves sont-ils
morts? Pour lui seul, et non pour la
patrie. Pour quelle cause? Ils ont été
immolés uniquement à la démence
de laisser après lui le souvenir du
plus épouvantable oppresseur qui ait
pesé sur l'espèce humaine... C'est lui

qui, au lieu de quatre cents millions
que la France payoit sous ses bons
et anciens rois pour être libre, heureuse et tranquille, l'a surchargée
de plus de quinze cents millions,
auxquels il menaçoit d'ajouter encore. C'est lui qui a fermé les mers
des deux mondes, qui a tari toutes
les sources de l'industrie nationale,
arraché à la culture les cultivateurs,
et les ouvriers aux manufactures.
A lui nous dûmes la haine de tous
les peuples sans l'avoir méritée,
puisque, comme eux, nous fûmes les
malheureuses victimes, bien plus que
les volontaires instrumens de sa rage.
N'est-ce pas lui aussi qui, violant
ce que les hommes ont de plus sacré, a retenu captif le vénérable
chef de la religion ; a privé de ses

états, par une détestable perfidie, un roi son allié, et livré à la dévastation la nation espagnole, notre antique et toujours fidèle amie?... N'est-ce pas lui encore qui, ennemi de ses propres sujets, long-temps trompés par lui, après avoir refusé une paix honorable, a donné l'ordre parricide d'exposer inutilement la garde nationale pour la défense impossible de la capitale, sur laquelle il appeloit ainsi toutes les vengeances de l'ennemi?...N'est-ce pas lui enfin qui, redoutant par-dessus tout la vérité, a chassé outrageusement, à la face de l'Europe, les législateurs, parce qu'une fois ils ont tenté de la lui dire avec autant d'énergie que de dignité?...

N'a-t-il pas offert l'effroyable tableau du vaste continent couvert dés ossemens confondus de Français et de peuples qui n'avoient rien à se demander les uns aux autres, qui ne se haïssoient pas, que les distances affranchissoient des querelles, et qu'il n'a précipités dans la guerre, que pour remplir la terre du bruit de son nom ?...

Quel bien ont fait ses victoires ? La haine des peuples, les larmes des familles, le célibat forcé des filles, la ruine de toutes les fortunes, le veuvage prématuré des épouses, le désespoir des pères et des mères, à qui d'une nombreuse postérité il ne restoit plus la main d'un enfant pour leur fermer les yeux...., Voilà ce que produisirent ces victoires si vantées. Ce sont elles qui ame-

nèrent jusque dans la capitale , toujours restée vierge sous la paternelle
administration de nos rois , les étrangers , dont la généreuse protection
commanda la reconnoissance , lorsqu'il eût été si doux de leur offrir
une alliance désintéressée.

Il n'est pas un Français qui , dans
le secret de son cœur , pas un qui ,
dans ses plus intimes communica-
tions , n'ait formé le vœu de voir
arriver un terme à tant de cruautés.

Qualités distinctives de Bonaparte.

Le ciel peut avoir accordé à Buonaparte une grande habileté militaire ,
mais sans éclat de bravoure personnelle ; une activité prodigieuse , mais
sans but ; une volonté indomptable ,

mais sans discernement. Ni les faveurs les plus inouies de la fortune, ni les plus terribles leçons du malheur, ni les conseils d'hommes éclairés qui vouloient lui montrer la véritable gloire, ni le dévouement de tous ses guerriers, rien ne pouvoit adoucir le caractère du soldat corse, rectifier son esprit faux, élever son âme corrompue.

Etoit-il Français celui qui fut toujours insultant pour les femmes, qui les railloit avec rudesse sur le déclin de leur beauté ; celui qui n'avoit jamais rien donné qu'avec l'intention d'avilir ; celui qui abusoit lâchement de sa puissance pour adresser, du milieu de sa cour, des paroles infamantes à un administrateur

modéré, à un juge intègre, à un
brave militaire; qui insultoit, jusque dans son camp, des guerriers
admirés de toute l'Europe ?

Quel caractère sauvage dans sa
prétendue grandeur ! Quelle gauche-
rie dans sa magnificence !...

Enfin, révolutionnaire par tem-
pérament, conquérant par suborna-
tion, injuste par instinct, outrageux
dans la victoire, mercenaire dans sa
protection, spoliateur inexorable,
aussi terrible par ses artifices que
par ses armes; déshonorant la victoire par l'abus réfléchi de la foi publique, couronnant l'immoralité du
manteau de la philosophie, couvrant
l'oppression du chapeau de la liberté, il portoit d'une main la torche

d'Erostrate, et de l'autre le glaive de Genseric. Enfin cet homme à qui le rang suprême auquel il étoit parvenu, avoit tourné la tête, étoit, dans la prospérité, un insolent au-dessus de toute expression. Le trait suivant en est la preuve.

L'armistice convenu entre l'Empereur d'Allemagne et Buonaparte lui fut arraché par des menaces.

Immédiatement après la bataille d'Austerlitz, Buonaparte demanda une entrevue à ses deux frères impériaux, François et Alexandre : le dernier s'en excusa; mais le premier ne sut pas refuser. Lorsqu'il fut introduit près de Bonaparte, celui-ci lui adressa le langage suivant :

« J'attends de vous, mon frère,

que vous signiez sur-le-champ un armistice. Je me f..... de mon frère Alexandre; il peut faire un arrangement avec moi, s'il le veut ; mais cela m'est égal : je me moque de lui et de ses cosaques; et si vous ne faites pas ce que je désire, je vais expédier sur-le-champ un courier à Vienne, avec l'ordre de raser cette ville. Je sais fort bien que demain l'intention de mon frère Alexandre est de m'attaquer, mais peu m'importe. Vainqueur ou vaincu, je m'en vais donner les ordres d'exécuter ce que je viens de vous dire, non-seulement pour Vienne, mais pour toutes les villes dans vos états où se trouvent mes armées. »

Il est aisé de deviner l'effet que

produisit cette menace barbare sur l'âme de François II , humilié et abattu. L'armistice fut signé sur-le-champ, et fut suivi de la paix de Presbourg,

———

~~~~~~~~~~~~~~~~~~~~~~~~~~~~~~~

FAITS PARTICULIERS.

—

L'IRRITABILITÉ et la violence de son caractère sont au delà de tout ce qu'on peut dire. Il brisoit tout ce qui se trouvoit sous sa main ; il donnoit des coups de pied à ceux qui se trouvoient près de lui. Il couroit dans la chambre en jurant comme un enfant furieux. Son expression favorite étoit : *Je le veux.* Souvent il disoit : « Il n'y a rien dans mon caractère qui me plaise autant que mon inflexible sévérité. Sachez, disoit-il, que tout m'est permis. »

==

Dans ses momens lucides, sans être de mauvaise humeur et pour s'amuser, il pinçoit Joséphine, au point que l'impression de ses doigts restoit pendant plusieurs jours.

=

Vain de sa petite personne, il aimoit à se montrer en public ; mais la conscience de ses crimes faisoit qu'il s'environnoit toujours de ses gardes. Il est impossible de donner une idée de la peur qu'il avoit d'être assassiné, et l'anecdote suivante en est la preuve. Une des plus fameuses marchandes de modes de Paris reçut ordre à minuit de se rendre aux Tuileries avec des dominos pour l'impératrice et la reine de Hollande, qui alloient au bal masqué. Dans un cor-

ridor assez obscur, elle fut rencon-
trée par Buonaparte, qui ne la re-
connut pas. Il fut si fort alarmé,
qu'il cria qu'on apportât des lumiè-
res, qu'on fît venir ses gardes, etc.
Il s'évanouit et, dans sa rage, ordonna que cette femme fût envoyée
en prison pour six mois. Heureuse-
ment j'en ai été quitte pour la peur,
se prit-il à dire ensuite.

=====

Il n'a point de religion ; mais il est
très-superstitieux. Il croyoit plus
aux diseuses de bonne aventure qu'à
l'Evangile. Il se fit tirer les cartes
plusieurs fois, depuis son avénement
au trône, par une femme renommée
dans Paris pour cet art mensonger.

=====

Comme l'empereur Maximilien, il se défaisoit de ceux qui l'avoient connu dans la misère, et la plus mauvaise recommandation auprès de lui étoit de lui rappeler qu'on l'avoit connu autrefois. Il fit supporter sa disgrâce à trois de ses compatriotes qui avoient été ses camarades d'école, et qui lui avoient rappelé leur ancienne liaison, et il exila à l'île de Rhé deux de ses cousins, dont le seul crime fut de l'avoir appelé cousin.

===

Il avoit des goûts qui se trouvent rarement réunis dans le même homme : il étoit dissolu avec les femmes, et il se montra adonné au vice dont on a faussement accusé Socrate.

===

13.

Sans respect pour la décence, l'inceste même ne lui paroissoit pas devoir être déguisé : il vécut publiquement avec ses deux sœurs, qui ne s'en cachoient pas.

===

Une Irlandaise, veuve d'un banquier qui avoit fait faillite, avoit une fille fort belle : Buonaparte la vit, et la fit nommer lectrice de l'impératrice. Mademoiselle *** accompagna la famille impériale à Baïonne, quand Buonaparte y alla pour y attirer la famille royale d'Espagne. Du moment que le monstre eût séduit cette jeune fille et assouvi ses désirs, il renvoya sa victime à Paris sans un écu.

===

Il y a quelques années qu'une actrice célèbre de la capitale passa la nuit avec lui au château de Saint-Cloud. Le héros eut une attaque d'épilepsie. L'actrice sonna, appela à grands cris du secours. Toutes les personnes de service et la bonne Joséphine accoururent : quand le tyran recouvra l'usage de ses sens, la première question qu'il fit fut comment l'impératrice et les gens de service se trouvoient dans son appartement : quand il sut qu'elles étoient venues aux cris de l'actrice, il se précipita sur elle, la battit outrageusement, et la jeta à la porte à demi nue... Le lendemain, elle eut ordre de quitter Paris, et elle partit pour les pays étrangers.

Un conseiller d'état représentant un jour à Buonaparte que la modicité de son revenu ne lui permettoit pas de vivre magnifiquement : Eh bien ! lui répondit celui-ci, faites des dettes, vos créanciers seront intéressés à soutenir mon gouvernement.

=

Au moment où Buonaparte entroit à Berlin avec son armée, il rencontra la malle de Hambourg, qui partoit ; il la fit arrêter et ouvrir le paquet. On y trouva quantité de traites tirées par des maisons de Berlin sur leurs correspondans à Hambourg. Ces traites y furent envoyées, et les négocians sur lesquels elles étoient tirées furent forcés de les payer, quoiqu'elles ne fussent ni

acceptées ni régulièrement endos-
sées.

=

Lors du procès de Moreau, le
grand-juge, qui faisoit régulièrement son rapport à Buonaparte de ce
qui se passoit à la cour criminelle,
fut, à ce qu'il paroît, trompé par
l'agent qu'il employoit pour lui rendre compte, heure par heure, de
ce qui s'y passoit. On dit au grand-
juge que le discours qu'avoit prononcé le général Moreau étoit assez
mauvais et plus propre à faire tort
à ce général qu'à le servir. Là-dessus,
le grand-juge ordonna que le discours fût imprimé et distribué. Il
alla ensuite à Saint-Cloud, et ren-
dit compte à Buonaparte de ce dis-

cours et des ordres qu'il avoit donnés pour son impression. Cependant Murat , qui avoit été présent au tribunal , arriva à Saint-Cloud , et fit part , à son tour, de ce qu'il avoit vu et entendu , ajoutant qu'il ne concevoit pas comment le grand-juge pouvoit permettre qu'on imprimât un tel discours , qu'il montra tel que les écrivains sténographes l'avoient recueilli. Aussitôt l'empereur tomba sur son grand-juge et le battit cruellement. On l'ôta de la présence du tyran , qui, sans cette précaution, l'eût tué. Un témoin oculaire de cette scène rapporte que le grand-juge , étendu sur un sopha , se laissoit assommer comme un esclave sans faire la moindre résistance ; et lorsqu'on l'emmena dans l'antichambre, il étoit baigné dans son sang, ayant sa robe déchirée.

====

Deux autres preuves de la violence du caractère de Buonaparte viennent à l'appui de celui que je viens de citer. Lorsqu'il alla en Italie pour se faire couronner, il voulut que la Banque lui avançât de l'argent. M. Perregaux, qui étoit à la tête de cet établissement, lui représenta qu'il étoit impossible que la Banque fît aucune avance. Là-dessus, Buonaparte entra dans la plus grande fureur, en disant : Vous êtes tous des f... gueux, et il lui jeta un chandelier à la tête. M. Perregaux rentra chez lui fort malade, et ce traitement qu'il avoit essuyé

devant une douzaine de personnes
lui tint tellement à cœur, qu'il perdit la tête et mourut fou,

===

Etant à Baïonne en mai 1808,
le général Andréossi lui envoya un
courrier. Ce courrier étoit un peu
en retard ; ce qui mit l'autocrate
dans une telle fureur, qu'il le ren-
versa d'un coup de poing et le
battit cruellement ; on emporta le
pauvre diable presque sans sentiment,

===

Buonaparte avoit voulu que l'on
donnât sur son théâtre particulier
une représentation d'Agamemnon
de M. Lemercier. Lorsqu'elle fut
finie, il dit à l'auteur ; Votre pièce

ne vaut rien : de quel droit votre Stro-
phus (personnage de la tragédie)
fait-il des remontrances à Clitem-
nestre ? Ce n'est qu'un valet. — Non,
sire, osa répondre M. Lemercier ;
ce n'est point un valet, c'est un
roi détrôné, ami d'Agamemnon. —
Vous ne connoissez donc guère les
cours ? A la cour, le monarque
est quelque chose, les autres ne sont
que des valets. C'est en présence de
ses ministres et de ses grands officiers qu'il parloit ainsi.

===

On se tue par amour, disoit Buonaparte, *sottise ;* on se tue pour avoir
perdu sa fortune, *lâcheté ;* on se
tue pour ne pas vivre déshonoré,
faiblesse : mais survivre à la perte

13.

d'un empire, aux outrages de ses contemporains, voilà le vrai courage.

=

Il avoit une manie singulière. Il aimoit à dire la bonne aventure (ou la mauvaise). Dans un divertissement de société , il reçut cette tâche pour pénitence. Le général Hoche étoit un des convives. Parvenu à lui, il lui prend la main, la considère, comprime un mouvement de surprise avec assez d'affectation pour le laisser apercevoir, laisse tomber la main du général avec une sorte d'indifférence, et passe à son voisin. Hoche demande raison de ce silence. Vous vous moquez, repart Buonaparte, je n'ai rien à vous dire ; et son regard annonçoit tout le contraire. Hoche se pique au jeu et insiste. Buonaparte se défend foiblement, et allègue que l'on s'est quelquefois repenti d'une mauvaise plaisanterie. Le général, avec une sorte d'inquiétude, exige impérativement le mot de cet énigme. C'est vous qui le voulez, répond Buonaparte en jouant l'inspiré : eh bien ! sachez que si les règles de la chiromancie sont vraies, vos jours sont comptés et vous mourrez avant telle époque.» Hoche ne put s'empêcher de laisser apercevoir quelque trouble : on en fit des reproches au prétendu nécromant, qui vint lui dire en riant de ne point s'occuper du conte qu'il lui avoit fait, qu'il n'avoit voulu qu'éprouver jusqu'à quel point l'imagination pouvoit agir sur l'âme d'un brave. Hoche mourut précisément au temps marqué. Le hasard s'entendoit-il avec Buonaparte pour réaliser cette prédiction ?

===

Lucien ayant osé condamner le meurtre du duc d'Enghien et la conduite de son frère envers le général Moreau, reçut de Regnier, alors ministre de la police, l'ordre de quitter Paris dans vingt-quatre heures et la France en huit jours. Cet ordre lui enjoignoit d'emmener toute sa famille avec lui.

===

Peu de temps après que Buonaparte se fut déclaré empereur, un chef de voleurs en Italie, Fra Diavolo, prit le titre d'empereur des Alpes et de roi de Marengo.

=

Après le combat de Wagram, Buonaparte parcouroit le champ de bataille, et le voyant couvert de mort, il s'écria sans montrer la moindre sensibilité : *Voilà une grande consommation....* Le monstre !

=

Il avoit coutume de dire que les hommes étoient pour le souverain ce que les pions sont pour le joueur d'échecs. On les place suivant les chances de la partie, on les jette quand on n'en a plus besoin.

=

Dans le temps de la campagne d'Italie, et lors de la suspension des hostilités , le Saint - Père fut imposé à une somme considérable dont Buonaparte demanda le versement dans les vingt-quatre heures. S. S. sollicita vainement un délai de quelques jours pour se procurer la somme exigée. Buonaparte demanda qu'on lui remît en nantissement les diamans du Saint-Siége, qu'il devoit rendre dans trois mois et lorsqu'il auroit reçu le montant de la contribution militaire; mais, sans attendre l'expiration de ce délai, il envoya un de ses affidés à Gènes pour vendre les diamans.

=====

Un magistrat donnoit devant lui des signes d'attendrissement sur les malheurs du peuple. Un homme d'état, lui répondit Buonaparte, doit avoir son cœur dans sa tête.

==

En arrivant à l'armée d'Italie, il fit fusiller de sa propre autorité, à l'occasion d'une distribution de pain qui avoit manqué, un garde-magasin accusé de dilapidations imaginaires. A cette époque, on osoit encore lui parler. Quelqu'un lui demanda pourquoi il commettoit une pareille violence : « C'est un petit sacrifice, dit-il ; d'ailleurs ne faut-il pas que le soldat croie que nous nous occupons de son sort ? »

==

Un journal russe, d'après des renseignemens officiels donnés par le gouvernement, évalua la perte des Français et de leurs alliés dans son invasion en Russie ; en morts, 24 généraux, 2,000 colonels et autres officiers, 204,400 soldats ; en prisonniers, 43 généraux, 3,441 colonels et autres officiers, 233,000 soldats. L'armée française perdit 951 pièces de canon, 63 drapeaux et étendards, environ 100,000 fusils, et 27,000 voitures de bagages.... et tout cela pour l'ambition d'un seul homme. D'après un pareil tableau, comment peut-il se trouver encore des Français qui osent lâchement le regretter ?

Sa maxime favorite étoit : « Je suis maître de tout, le dernier homme et le dernier écu m'appartiennent. »

Un maréchal aussi recommandable par sa franchise que par sa loyauté et sa réputation militaire, lui dit un jour qu'il s'amusoit à promener ses doigts sur les touches d'un piano, malgré qu'il ne sût nullement en toucher : « Si votre Majesté continue, Sire, on va dire » bientôt autour de vous que vous » êtes un *virtuose*. » Ce militaire trop sincère vouloit, par cette remarque fine, donner à Buonaparte une idée de la bassesse de ses adulateurs, qui saisissoient l'occasion d'une flagornerie dans les circonstances qui y étoient le moins propres.

=

Très-souvent aux armées, des

cadavres mutilés d'hommes, d'a-
nimaux, obstruoient les avenues et
même l'escalier du château où le
fourrier général avoit logé *sa majesté* ; mais les courtisans, loin d'y
voir des objets hideux qui accu-
soient le tyran de cruauté, de man-
que de respect humain, attribuoient
ces horribles calamités aux malheurs
inséparables de la guerre, et, pal-
liant ainsi les fureurs insensées de
leur *empereur malgré nous*, reje-
toient sur la nature et le théâtre
des combats l'horreur d'un spectacle dont Buonaparte étoit le seul
et le criminel artisan.

———

Pourquoi n'es-tu pas à ton régiment, disoit brusquement Buona-

parle à un gendarme d'élite, le lendemain de la bataille d'Eylau ?... Le brave gendarme, étendu sur la neige, pour toute réponse le regardant d'un œil sévère et accusateur, ouvrit son manteau : il avoit les deux jambes emportées d'un coup de boulet. Pantomime sublime, qui frappa le cruel souverain de la honte d'avoir osé faire des reproches injustes à un militaire mutilé par le fait de ses guerres injustes.

Parmi les moyens que Buonaparte employoit pour avoir des soldats, on remarquera surtout celui ci, qui étoit d'ordonner la fermeture des ateliers. Les ouvriers, pris ainsi par

famine, étoient obligés de s'enrôler
et d'abandonner leurs familles.

===

« Je ne sais, disoit-il, comment
finira ce drame; mais, si je succombe,
on saura ce que coûte la chute d'un
grand homme. » Sans doute qu'il
avoit le projet de s'ensevelir sous les
ruines fumantes de la France.

===

Buonaparte disoit dans un de ses
bulletins que « Huit cents bouches à
feu vomissant la mort de toutes parts
offroient un *spectacle admirable.* »
Il se plaisoit sur le champ de bataille
d'Eylau, à la vue du reflet que le
sang produisoit sur la neige. Il écri-
voit à un commandant de place :

« Les bombes brûlent une ville,
écrasent les vieillards, les femmes,
les enfans, mais elles ne font pas
sourciller un homme de cœur. » Il
alloit jusqu'à dire à ses soldats : Ne
prenez pas garde aux blessés. Telle
étoit l'humanité de ce cruel despote.

———

Il m'importe peu, disoit-il, de
régner sur les Français, pourvu que
je règne sur la France.

———

A Smolensko, il ordonna que l'on
fît sauter les murs. On lui représenta que douze mille malades couchés près de ces murs pourroient en
souffrir, il répondit froidement : Que
m'importe ?.... et ils périrent.

———

Un jour, on faisoit devant Buonaparte , lorsqu'il étoit encore jeune ,
l'éloge du vicomte de Turenne : une
personne répliqua : Oui, c'étoit un
grand homme ; mais je l'aimerois
mieux s'il n'eût point brûlé le Pala-
tinat. — Qu'importe ? reprit vive-
ment Buonaparte , si cet incendie
étoit nécessaire à sa gloire.

Il y a en France, disoit-il, quelques personnes heureuses, qui vi-
vent dans leurs terres avec trente et
quarante mille livres de rentes , je
saurai bien les atteindre.

Comme on lui observoit que le
peuple étoit trop surchargé d'im-

pôts , il répondit : Tant mieux ; il faut toujours charger le baudet pour qu'il ne rue pas.

=

Comme on a tant parlé de la bravoure personnelle de Bonaparte , je vais terminer cet ouvrage par l'ordre du jour suivant. Que ses admirateurs apprécient cette pièce officielle.

Au bivouac , le 10 frimaire.

« Soldats ,

» L'armée russe se présente devant vous pour venger l'armée autrichienne d'Ulm. Ce sont ces mêmes bataillons que nous avons battus à Hollebrun, et que depuis vous avez constamment poursuivis jusqu'ici.

14

» Les positions que nous occupons sont formidables, et pendant qu'ils marcheront pour tourner ma droite, ils me présenteront le flanc.

» Soldats, je dirigerai moi-même tous vos bataillons. *Je me tiendrai loin du feu*, si, avec votre bravoure accoutumée, vous portez le désordre et la confusion dans les rangs ennemis ; mais si la victoire étoit un moment incertaine, vous verriez votre empereur s'exposer aux premiers coups ; car la victoire ne sauroit hésiter dans cette journée surtout, où il y va de l'honneur de l'infanterie française . qui importe tant à l'honneur de toute la nation.

» *Que, sous prétexte d'emmener les blessés, on ne dégarnisse pas les rangs,* et que chacun soit bien pénétré de cette pensée, qu'il faut vaincre ces stipendiés d'Angleterre, qui sont animés d'une aussi grande haine contre notre nation.

» Cette victoire finira notre campagne, et nous pourrons reprendre nos quartiers d'hiver, où nous serons joints par les nouvelles armées qui se forment en France; et alors la paix que je ferai sera digne de mon peuple, de vous et de moi.

» *Signé*, NAPOLÉON.

» Par ordre,
» Le major général de l'armée,
» maréchal BERTHIER. »

Il est bien évident que lorsqu'un commandant dit *je me tiendrai loin du feu*, il annonce très-clairement qu'il n'a pas l'intention de

s'exposer à aucun danger personnel.
Mais il y a un autre passage dans
cet ordre du jour, qui prouve que
Buonaparte regarde toutes les horreurs et toutes les calamités de la
guerre comme des bagatelles lorsqu'il s'agit d'atteindre son but. *Que,
sous prétexte d'emmener les blessés, on ne dégarnisse pas les rangs:*
ceci veut dire, en termes très-clairs,
qu'il ne faut pas ouvrir les rangs,
mais que les soldats doivent les serrer, en foulant aux pieds les corps
de leurs camarades morts et blessés.
Que tout militaire dise s'il a jamais
vu ou entendu parler d'un ordre
semblable dans les temps modernes?

=

Peu de personnes connoissent,

nous le croyons du moins, le trait que nous allons raconter.

Une jeune et charmante actrice du théâtre ... qu'un plus long éloge de sa beauté et de ses grâces décéleroit ici, plut à Buonaparte dans un de ses rôles les plus brillans. Ce sultan impérieux, aussitôt de lui jeter le mouchoir : *L'ami du prince*, qui portoit alors le caducée *et étoit de semaine*, fut chargé de la mission *honorable* d'annoncer à l'actrice sa bonne fortune, et le bonheur qu'elle avoit eu de plaire alors au premier (*et maintenant au dernier*) homme du monde. Sans doute ce choix glorieux, fait au milieu de toutes ses compagnes, la flattoit infiniment, abstraction faite même de toutes les spéculations de

l'amour-propre, de l'orgueil et de
la vanité (nous nous garderons bien
de parler ici de celles de l'amour ou
du plaisir); à part, disons-nous, les
petites jouissances de la coquetterie,
cet éclair de félicité arrivé, comme
la foudre de la part de notre *Jupiter
histrion,* l'avoit éblouie; et, nouvelle
Danaë, elle voyoit déjà les torrens
d'une pluie d'or tomber sur son
sein ému, non pas de volupté, mais
d'espérance et d'ambition.... Cependant un obstacle qui parut, sinon
invincible, du moins de la plus
grande importance, vint bientôt
troubler les rêves ambitieux de notre héroïne de coulisses. Qu'étoit-ce
enfin ? car nos lecteurs nous repro-
chent déjà notre lenteur à leur faire
part de cette particularité. Notre

jeune première étoit richement en-
tretenue par un personnage aussi
respectable qu'aimable et puissant :
il falloit conséquemment lúi faire de
suite part du contenu du message
du mercure galant de Buonaparte.
Ce message, par écrit comme de
vive voix, méritoit, ou plutôt pré-
venoit, sans beaucoup de phrases
de préambule, là beauté qui avoit
su plaire *à une majesté comme il*
n'y en avoit pas, « *qu'elle eût à se*
rendre à Saint-Cloud dans les pe-
tits appartemens ; des confidentes
discrètes et dévouées, pourvues
d'instructions, devoient la recevoir
et l'introduire vers la couche im-
périale, sur les neuf heures du soir.
Quel coup de foudre pour l'ami du
cœur !... Quelle rivalité ! s'écria-t-il,

La mort ou la honte, voilà le choix qu'il falloit faire : opter entre la disgrâce d'un maître absolu qui n'avoit jamais su pardonner la plus légère résistance à ses ordres implacables, ou bien céder à un être odieux les charmes d'une maîtresse adorée... Il fallut cependant, après bien des hésitations, de douloureuses étreintes et de plus douloureux regrets, que les pleurs de la jalousie et du dépit accompagnèrent ; il fut enfin arrêté entre un amant et son amante, *après s'être toutefois bien dédommagés*, cette décision bizarre, de livrer des faveurs réservées seulement jusqu'alors au plus tendre des amans.... L'actrice partit donc pour Saint-Cloud, résignée d'avance *à tout*, et portant au chef de

l'empire les prémices *fort rares*
d'une virginité de quelques heures...
Des femmes la reçurent en sa qualité
de sultane favorite, avec tous les
égards dus à son rang de concubine
d'une majesté : aussitôt un mercure
en second alla prévenir Buonaparte
«que la personne mandée étoit là...»
Mais, ô contre-temps cruel ! des couriers arrivés des quatre points car-
dinaux de l'Europe, sur ces entre-
faites, avoient apporté dans leurs
dépêches de bonnes ou mauvaises
nouvelles : plusieurs de ces dépêches
étoient de la dernière importance,
et le moindre retard dans l'expédition des objets qu'elles traitoient,
pouvoit compromettre le sort d'un
empire ou d'une armée.... Buonaparte, placé entre les hochets de

l'ambition et les flambeaux déjà allumés de l'amour, pouvoit-il hésiter un moment?... Il laissa ces derniers s'éteindre, se consumer, c'est-à-dire qu'il oublia l'objet charmant qui l'avoit un moment préoccupé dans sa loge; et tout entier aux affaires, après avoir mandé ses ministres qui accoururent de Paris, on se mit à travailler avec ardeur, et à régler le sort funeste des armées et des nations; je dis régler, je devrois plutôt me servir d'une expression beaucoup plus juste, et dire que Buonaparte se mit à faire *la part de la mort* dans ses opérations meurtrières; car chaque coup de plume de sa main cruelle ne donnoit-il pas aussitôt cours à quelque ruisseau de sang?... Mais revenons à notre belle comédienne ; Buona-parte répondit brusquement au message, et sans prendre le soin de parler bas : « *qu'on la déshabille et qu'on la couche.* » Fort bien : notre sultane favorite, *déshabillée et couchée,* attendoit impatiemment l'arrivée de son royal amant, et piquée avec raison d'un défaut d'attention et de prévenance aussi humiliant pour son amour-propre, elle ne concevoit pas que ses charmes pussent être oubliés à ce point de dédain ; elle qui étoit, lorsqu'elle paroissoit sur la scène, l'idole de tous les spectateurs... — Enfin, ennuyée, mortifiée d'un procédé aussi odieux, elle s'enhardit à envoyer un second, puis un troisième message. (Il étoit alors trois heures du matin.) Buonaparte travailloit toujours avec ardeur avec ses ministres, et fatigué bientôt des importunités de tant de couriers d'amour de la part de notre héroïne, il se mit à dire : « *qu'elle s'habille et qu'on la reconduise à Paris...*» Ainsi, au lieu de jouir des faveurs les plus précieuses que l'amour et le plaisir lui offroient dans une femme charmante, aussi aimable par l'enjouement et les grâces de son esprit, que rare par sa beauté et les perfections de sa taille enchanteresse; au lieu, dis-je, de payer en homme délicat un juste hommage aux attraits d'un sexe dont il ne fut jamais digne, et qu'il eut souvent, comme nous l'avons déjà dit, l'impudence de mépriser hautement, il donna la préférence au travail de ses conceptions malfaisantes et ambitieuses... Peut-être cette nuit, qui dans le principe devoit être, suivant le projet de Buonaparte, consacrée au plaisir, mais qui fut entièrement employée aux opérations du cabinet, coûta-t-elle à l'Europe et à nos armées la vie de mille et mille braves. Il fallut donc que notre charmante actrice sortît d'une couche dans laquelle ses appas négligés devoient être le prix d'un homme plus fait pour en connoître toute la valeur : elle s'habilla et partit pour Paris *telle qu'elle étoit venue,* sans que son amant en pied eût lieu de s'affliger de la rivalité d'un souverain indigne des faveurs de l'amour.

Nous n'osons pas ici pénétrer dans les sentimens de notre belle actrice

et l'interroger sur le dépit qu'elle
conçut peut-être de la conduite
outrageuse de Buonaparte; car il
faut convenir d'un fait, et puis-
qu'elle s'étoit résignée à un sacrifice
inévitable , son protecteur pénétré de la délicatesse de sa position ,
ayant judicieusement préféré *le
partage momentané* de son bonheur, au péril d'une disgrâce souvent suivie de l'exil, de la mort
et de tous les accessoires funestes
qui accompagnoient les vengeances
de *Napoléon;* notre intéressante
héroïne de théâtre eut donc sujet ,
dis-je, d'être humiliée de voir sa beauté dédaignée , après avoir passé par-
dessus une foule de convenances ,
pour ne pas encourir la colère d'un
despote très - puissant alors : ainsi

finit cette histoire galante dans laquelle on voit une beauté faire,
malgré elle il est vrai et par crainte,
toutes les premières démarches, et
sortir vierge d'un lit qui, pour un
homme digne de le partager avec
elle, devoit être le théâtre des plus
tendres caresses, comme des plus
doux transports.

=

Un de ces *écouteurs aux portes,*
dont le rapport n'est point apocry-
phe et mérite la plus grande confiance, puisque sa qualité de secrétaire lui donnoit à chaque instant
accès près de la personne de Buonaparte, répétoit un jour dans un
cercle de confidens une conversa-
tion fort animée qu'il avoit enten-
due entre Napoléon et le duc de

Bassano, autrement dit M. Maret, ministre secrétaire d'état...

Buonaparte se trouvoit dans une des embrasures de son cabinet au pavillon de Flore, et paroissoit s'étendre avec complaisance sur la rapidité de ses conquêtes en Europe; il récapituloit les royaumes soumis *au sceptre napoléon,* sa dynastie occupant presque tous les trônes du nord et du midi; c'étoit enfin César partageant l'Europe après la bataille de Pharsale : il s'agissoit alors de conquérir la Russie, et le duc lui fit observer qu'il seroit prudent d'économiser la valeur française... « *Je réserve,* répondit-il, *la fleur de mes mées pour soumettre toutes les Espagnes; quant à la Russie, j'y ferai la guerre avec du sang po-*

lonais....» Quelle métaphore ! quelle expression criminelle, épouvantable !... Ainsi Buonaparte ne marchande pas l'humanité, ou plutôt il la traite en manufacturier qui combine froidement ses moyens de spéculation, la nature et la quantité de ses denrées; *le sang humain, la vie des hommes* ne sont pour lui que des *matériaux* serviles.... — Je ferai la guerre à la Russie *avec du sang polonais !...* ainsi s'exprimeroit vis à vis de son ordonnateur un garde-magasin des vivres-viande. « Monsieur l'ordonnateur, lui diroit-il, je ne peux faire le service aujourd'hui *qu'avec du mouton...*»

=

Deux frères s'étoient engagés dans une compagnie de vélites, lors

des préparatifs de la campagne désastreuse de Russie. Presque atteints ensemble par la loi de la conscription,
ils préférèrent, en la prévenant, se
réserver la faculté d'un avancement
rapide, puisque dans les vélites on ob-
tenoit une épaulette au bout d'un an
de service; ils furent près l'un de l'autre aux batailles mémorables de Smo-
lensk, de Wilna et de Witeps, et eurent
le bonheur d'arriver à Moscou sans
que l'un d'eux eût à pleurer la mort
ou même sur les blessures de son
frère; mais à la retraite un, *houra*
les sépara entièrement, et celui qui
sut se soustraire aux lances des Cosaques, perdit entièrement ce jour-
là l'autre de vue. Quelle affliction
pour deux frères qui s'aimoient
avec passion, et dont l'attachement

n'avoit pu que redoubler par les dangers de toute nature qu'ils avoient
partagés ensemble!...Enfin au milieu
des marches et contre-marches , des
rigueurs mortelles d'un froid ex-
cessif et le chagrin d'une séparation
qui duroit déjà depuis huit à dix
jours, la circonstance la plus cruelle
et la plus bizarre à la fois réunit nos
deux jeunes gens; celui qui étoit
tombé quelques heures au pouvoir
des Cosaques, avoit su s'échapper
de leurs mains, couvert des haillons qu'ils lui avoient laissés, ayant
les pieds demi nus entortillés de
morceaux de peaux de mouton à
demi brûlées par les bivouacs; ar-
dent de rejoindre son frère, il avoit
devancé les colonnes fugitives à travers les bois et les neiges; ravi de

ne plus douter qu'il étoit bientôt
au sein de l'armée française, puisque des lignes de cadavres qui *ja-
lonnoient* la route de retraite, ne
lui apprenoient que trop que l'*empereur* se retiroit sur ces points avec
ses corps d'armée; il redoubla donc
d'efforts pour rejoindre ses camarades. Cependant la force du froid
le surprit à un tel point, qu'il lui
fut impossible de continuer sa marche; ses genoux découverts et en
suppuration, ses doigts gonflés, ses
mains remplies de crevasses, ses
pieds ensanglantés, toutes ces douleurs inouies auxquelles se joignoit
le tourment de la faim et le désespoir de l'âme, lui firent perdre en
un instant tout son courage, et
bientôt résigné à un trépas dont il

savouroit depuis long-temps les atteintes avant-courières, il alloit succomber, et faire sur des glaçons et des verglas son lit de mort, lorsqu'il aperçut à peu de distance un cheval tué tout récemment. Des animaux et surtout des hommes avoient déjà pénétré dans le coffre de cet animal, pour en arracher les entrailles et les dévorer, après les avoir étendues quelques minutes sur des charbons : Que fait notre malheureux vélite ? ô amour de la vie ! quel est donc ce charme si puissant qui nous attache à toi au sein même des catastrophes les plus désespérées!!... A la vue de ce cadavre, il ranime son courage abattu, se traîne parmi le givre et la neige vers ce cheval, et imagine d'en faire son asile et son

premier refuge contre les âpretés
terribles du climat et à la fois son
unique secours contre les horreurs
de la faim. Il se glisse donc dans le
coffre de ce cheval, s'y réchauffe
avec délices des restes de chaleur
que le sang et les chairs pentelantes
conservoient encore, et pratiquant
avec ses dents une ouverture à la
poitrine de l'animal , s'établit dans
cette demeure épouvantable, trem-
blant encore à chaque instant que
quelque chien, quelque bête féroce et même les Cosaques, ne vins-
sent troubler de nouveau l'horreur
de sa retraite qui lui paroissoit alors
un Élysée et un bouclier tutélaire qui
l'avoient préservé du coup mortel.

Actif à fourrer ses doigts, ses
mains dans des chairs encore pal-

pitantes et tièdes, il parvint à cal-
mer ses vives douleurs ; l'objet de
ses remèdes à ses maux devint à la
fois celui de sa nourriture; d'une
bouche ensanglantée il mange, il
ronge autour de sa tête , toutes les
carnosités qui tapissent l'intérieur
de la poitrine de l'animal, et au
sein d'un cadavre il sait puiser une
nouvelle vie et se restaurer des mets
de cet horrible festin... Heureux de
pouvoir mépriser les fureurs de l'a-
quilon , il les brave en quelque sorte
dans cette singulière fourrure; mais
surtout plus que les animaux, il craint
la visite de quelques soldats affamés,
gelés, qui pouvoient venir l'inquiéter dans sa cache, et l'en arracher
peut-être pour se mettre à sa place...
O bizarrerie inconcevable du sort!...

sera-t-il possible de croire qu'une pareille situation pût craindre des jaloux, des envieux !... notre infortuné vélite en craignoit cependant : bientôt une dyssenterie cruelle, causée par cette nourriture malfaisante, lui fit perdre de nouveau tout espoir de survivre long-temps à tant de malheurs cumulés ; il essaye donc d'une voix éteinte et mourante quelques cris ; et apercevant une certaine quantité de militaires isolés conduisant un traîneau attelé de deux mauvais cognias (*cognia* en polonois signifie *cheval*) il redouble ses cris, en sortant le plus possible sa tête par l'ouverture qu'il avoit faite à la poitrine du cheval. Un soldat se détache, et curieux de voir de près un *cheval ventriloque,* veut s'assurer par lui-même si ce n'est pas une illusion.... Mais que devient-il, lorsque ce même militaire, qui n'étoit autre que notre premier vélite, reconnoît dans la figure décharnée et les traits livides de notre moribond, ceux de son frère!!...Cette scène est impossible à décrire. Il se précipite sur lui et l'embrasse, lui presse la tête avec attendrissement, malgré la position baroque où il se trouvoit, et parvient enfin, à l'aide d'autres de ses camarades, à le sortir de son étui, qui jetoit déjà une odeur détestable, et présentoit dans beaucoup de places des paquets de vers qui fourmilloient sous les membres de notre héros d'infortune, et l'auroient bientôt fait mourir gangrené: il avoit cependant passé deux jours

et demi dans cette fatale demeure!...
on le porte sur le traîneau dont j'ai
parlé déjà, et avec le secours de quelques gouttes de schnapp que son frère
avoit eu à force d'or d'un juif de Wilna, il lui rend la connoissance : ce
dernier étoit muni également de quelques poignées de farine dont, au
bivouac de la nuit qui avoit précédé,
il avoit fait deux galettes avec de
la neige fondue; il en restoit une,
notre malheureux vélite en dévora
les deux tiers, et fut un peu res-
tauré par un repas aussi délicieux
pour lui dans une si cruelle situation. Les deux frères s'acheminè-
rent vers la Pologne; quelques diamans trouvés à Moscou et cachés
dans leurs haillons, leur aidèrent à
parvenir jusqu'à Kœnisberg, puis à

Berlin , ville dans laquelle ils prirent
la diligence, qui les conduisit à bon
port à Mayence. Jamais maîtresse,
ou mère ne prit plus de soin de
son amant, de son fils, que notre
sensible vélite en prit de son frère.
Je les vis tous deux à Mayence à
l'auberge du *cheval blanc*, s'ache-
minant vers une heureuse conva-
lescence. Celui qui avoit le plus
souffert, devenu alors officier, ra-
conta en pleine table d'hôte toutes
les horreurs, pour ainsi dire, fa-
buleuses, qu'il avoit endurées, et
tout le monde voyant encore sur
ses traits altérés la vive empreinte du
martyre bizarre et des épreuves par
lesquelles le sort de la guerre l'avoit
fait passer, le regardoit comme une
ombre vivante revenant des som-

16.

brcs bords, et racontant comme un
spectre livide des infortunes essuyées dans un autre monde.

Depuis j'ai perdu de vue ces deux
frères intéressans : peut-être celui
pour qui la vie des hommes paroissoit être un poids incommode,
Buonaparte, plus meurtrier que le
froid de la Russie et la lance des
Cosaques, aura frappé nos généreux vélites, en les rejetant de nouveau dans les dangers et les torrens
de la campagne de Leipsick, où
des divisions tout entières furent
noyées par la crue inattendue et
prodigieuse des eaux; car telle étoit
l'organisation de mort établie sous
le règne de ce tyran, que l'homme
qui échappoit miraculeusement pendant dix campagnes au trépas qui

fondoit sur lui sous toutes sortes
de formes, devoit enfin succomber
la onzième, par l'effet des expédi-
tions ambitieuses et folles d'un infâme despote, jaloux du repos de
ses semblables.

———————

Nous bornerons là cette très-petite
compilation des forfaits et des attentats du monstre qui, sous des traits
humains, fut un des plus terribles
fléaux de l'Europe, et ne parut
parmi nous que comme un météore
incendiaire et destructeur. Si l'ambition effrénée de Buonaparte visoit
à l'immortalité, il peut assurément
compter sur celle du crime : son
nom passera aux derniers âges,
comme un signal de terreur et d'é-

pouvante parmi les mortels ; les mères, les enfans le répéterons comme un cri de mort, et à la fois comme l'accent du désespoir et d'une douloureuse agonie!!... L'histoire ne manquera pas de s'emparer de toute sa vie, non pour l'honorer d'une indigne célébrité, mais pour préserver l'avenir de l'audace d'un nouveau Napoléon, en signalant dans la postérité ses horribles traits, et en même temps ceux de ses imitateurs.

FIN.

De l'Impr. de CELLOT, rue des Grands-Augustins, n° 9.

www.ingramcontent.com/pod-product-compliance
Lightning Source LLC
Chambersburg PA
CBHW070841030726
47504CB00005B/1178